COLLECTION FOLIO

Marguerite Yourcenar
de l'Académie française

Un homme obscur
Une belle matinée

Gallimard

Un homme obscur et *Une belle matinée*
ont été publiés pour la première fois
dans le recueil intitulé
Comme l'eau qui coule
(Éditions Gallimard, 1982).

© *Éditions Gallimard, 1982 et 1985.*

Née en 1903 à Bruxelles d'un père français et d'une mère d'origine belge, Marguerite Yourcenar grandit en France, mais c'est surtout à l'étranger qu'elle résidera par la suite : Italie, Suisse, Grèce, puis Amérique où elle a vécu dans l'île de Mount Desert, sur la côte nord-est des États-Unis, jusqu'à sa mort en 1987.

Marguerite Yourcenar a été élue à l'Académie française le 6 mars 1980.

Son œuvre comprend des romans : *Alexis ou Le traité du vain combat* (1929), *Le coup de grâce* (1939), *Denier du rêve*, version définitive (1959) ; des poèmes en prose : *Feux* (1936) ; en vers réguliers : *Les charités d'Alcippe* (1956) ; des nouvelles : *Nouvelles orientales* (1963) ; des essais : *Sous bénéfice d'inventaire* (1962), *Le Temps, ce grand sculpteur* (1983), *En pèlerin et en étranger* (1989), des pièce de théâtre et des traductions.

Mémoire d'Hadrien (1951), roman historique d'une vérité étonnante, lui valut une réputation mondiale. *L'Œuvre au Noir* a obtenu à l'unanimité le prix Femina 1968. *Souvenir pieux* (1974), *Archives du Nord* (1977) et *Quoi ? L'Éternité* (1988) forment le triptyque, où elle évoque les souvenirs de sa famille et de son enfance.

Un homme obscur

Pour Jerry Wilson.

La nouvelle du décès de Nathanaël dans une petite île frisonne fit peu de bruit quand on la reçut à Amsterdam. Son oncle Élie et sa tante Éva convinrent qu'on s'attendait à cette fin ; d'ailleurs, deux ans plus tôt, Nathanaël avait failli mourir à l'hôpital d'Amsterdam ; ce second trépas, pour ainsi dire, n'émouvait plus. Le bruit courait que sa femme Saraï (était-ce bien sa femme ?) était morte avant lui, mieux valait ne pas trop s'informer comment. Quant à l'enfant du couple, Lazare, Élie Adriansen ne se voyait pas allant chercher l'orphelin le long de la Judenstraat, chez une vieille aux yeux trop noirs et trop vifs qui passait tant bien que mal pour sa grand-mère.

La naissance de Nathanaël avait été, elle aussi, fort discrète ; dans les deux cas, c'est d'ailleurs la règle, car c'est sans grand fracas que la plupart des gens entrent dans ce monde et en sortent. Le premier de ces deux événements, si c'en était un, n'avait intéressé qu'une demi-douzaine de commères hollandaises installées à Greenwich avec leurs maris, charpentiers travaillant pour le Lord de l'Amirauté, et bien payés en bons shillings et en bons pences. Ce petit groupe d'étrangers, dédaignés en tant que tels, mais respectés pour leur industrie et leur solide protestantisme, occupait une série de maisonnettes proprettes le long d'un bassin de radoub. Leur village maritime en aval de Greenwich glissait d'une part vers la berge, où les mâts dominaient les toits et les draps des lessives se confondaient avec les voiles : de l'autre, ses bicoques se perdaient dans une région encore rustique de boqueteaux et de pâturages. Le père du nouveau-né était un gros homme rubicond, mais agile, toujours perché sur une échelle contre une carène inachevée. La mère, confite en Bible, débarbouillait les enfants et mijotait des potées auxquelles ses voisines anglaises n'auraient pas touché, pas plus qu'elle n'eût voulu goûter de leur bœuf trop cru.

Comme le petit Nathanaël était chétif et affligé d'un peu de boiterie, il n'alla pas, avec ses frères, racler le flanc des navires en cale sèche ou enfoncer des clous dans des poutres. On le confia à un maître d'école du voisinage qui s'intéressait à lui.

Son entretien coûterait peu à la famille. Il accomplirait pour le maître de petits travaux, tels que remplir les encriers, tailler les plumes, balayer le plancher de la salle ; il aiderait la maîtresse à puiser l'eau et à sarcler le jardin. On en ferait avec le temps un prêcheur ou un magister à son tour.

Nathanaël se plut chez le maître, en dépit des soufflets et des coups qui pleuvaient sur les écoliers. Il fut bientôt chargé de faire épeler l'alphabet aux plus jeunes de ses condisciples, mais s'en acquittait mal, ne sachant pas au bon moment faire tomber la règle de fer sur les doigts. Auprès des garçons de son âge, toutefois, son air d'attention et de douceur était de bon exemple. Le soir, les écoliers partis, le maître lui permettait de lire, l'été, aussi longtemps qu'il faisait clair au jardin, l'hiver, à la lueur du feu de la cuisine. L'école possédait quelques gros livres jugés par le maître trop précieux, et de lecture trop difficile, pour servir à la tourbe des écoliers, qui les eussent bientôt mis en pièces ; il y avait ainsi un Cornelius Nepos, un tome dépareillé de Virgile, un autre de Tite-Live, un atlas où l'on voyait l'Angleterre et les quatre continents avec la mer tout autour et des dauphins dans la mer, et un planisphère céleste au sujet duquel l'homme n'était pas toujours en mesure de répondre aux questions de l'enfant. Parmi les livres moins sérieux, il y avait plusieurs pièces d'un certain Shakespeare, qui avaient eu du succès dans leur temps, et le roman de Perceval imprimé en caractères gothiques malaisés à déchiffrer. Le maître avait acheté tout cela à bas prix à la veuve d'un vicaire du voisinage qui n'estimait en fait de livres que les sermons de son défunt. Nathanaël apprit ainsi à parler purement l'anglais, qu'on écorchait chez lui, et un peu de latin, pour lequel il avait des dons. Le maître aimait le faire travailler, ayant rarement l'occasion d'utiliser ses propres talents, depuis qu'il n'enseignait plus dans une bonne école de Londres. Il était impitoyable sur la grammaire, et scandait Virgile en frappant de l'index sur la planche de son pupitre.

Quand Nathanaël eut quinze ans, il commença de fréquenter une blondine du même âge, mi-effrontée, mi-timide, qui avait de beaux yeux. Elle s'appelait Janet et était apprentie chez un tapissier. Les jours de soleil, ils mangeaient et buvaient ensemble leur pain et leur cidre dans la prairie voisine ; plus tard, ils prirent l'habitude de se promener dans les bois où Nathanaël ramassait des plantes pour l'herbier du maître. Il leur arriva ainsi de faire l'amour sur un lit de fougères ou d'herbe ; il la ménageait de son mieux, et il était tacitement entendu entre eux qu'ils se marieraient un jour.

Une fois, elle arriva à l'un de ces rendez-vous tout effarouchée. Un bourgeois, négociant en équipement et fournitures maritimes, qui buvait et passait pour aimer la chair jeune et fraîche, lui débitait depuis quelque temps des propositions entrelardées de menaces. Les soirs où ils sortaient ensemble, Nathanaël prenait soin de la reconduire jusqu'à la porte du tapissier et d'attendre que le battant se fût refermé sur elle. Par un dimanche de mai, ils revenaient ainsi, au crépuscule, en se tenant par la main, lorsque l'ivrogne leur barra le passage. Il avait dû les suivre et les épier sur leur lit de fougères, car il débita sur leurs amours toutes sortes de plaisanteries sales et précises. Plus légère et plus prompte qu'une biche effrayée, Janet prit la fuite. L'homme se jeta en avant pour la poursuivre ; heureusement, il chancelait. Il se tenait si mal sur ses pieds qu'il s'accrocha à Nathanaël, lui passa le bras autour du cou, on ne savait trop si c'était pour reprendre l'équilibre, ou par l'effet d'une subite et sotte tendresse. C'était à l'écolier du magister maintenant que ses propositions s'adressaient. Nathanaël, pris d'effroi et de dégoût (il n'aurait su dire lequel des deux sentiments l'emportait) le repoussa, ramassa une pierre et le frappa en plein visage.

Quand il vit l'homme à terre, respirant à peine, un filet de sang au coin des lèvres, une épouvante s'empara de lui. Si quelqu'un de loin l'avait aperçu, ou si Janet racontait l'incident, il serait appréhendé par ordre du constable, et bon pour la corde le lendemain matin.

Il prit la fuite à son tour, mais de son pas incertain de boiteux, et d'ailleurs il n'aurait pas fallu, en courant, attirer sur lui l'attention des passants. Choisissant les venelles les plus désertes, contournant les bassins de radoub où un gardien veillait peut-être encore à cette heure tardive, il parvint à l'endroit de la berge d'où il savait que quelques grosses barques appareilleraient à l'aube. L'une d'elles semblait vide, avec au plein milieu du pont son écoutille grande ouverte et, pendillant au-dessus d'elle, la corde d'un treuil. Les hommes d'équipage étaient sans doute allés une dernière fois boire à terre. Il n'y avait à bord qu'un chien, mais Nathanaël ne manquait jamais de faire amitié avec les chiens. Le garçon se coula dans la cale par la corde du treuil et se cacha parmi des barils.

Toute la nuit, transi par la peur, il prêta l'oreille aux pas des hommes remontant à bord, au choc de la trappe qu'on laissait lourdement retomber, aux bruits légers du vent et de l'eau contre la coque, au grincement des cordes, au claquement des voiles qu'on largue. À l'aube enfin, il sentit qu'on glissait le long du fleuve, mais sa peur n'était pas morte. Un calme pouvait les retenir mouillés près des côtes, ou au contraire une tempête les forcer à regagner un port. Au bout de deux jours et de trois nuits, mourant de faim, il héla faiblement des hommes descendus avec des pelles pour mieux répartir le lest. À ce moment-là, on était déjà au large des Sorlingues. Il sut bientôt que le bateau était en route pour la Jamaïque.

Les hommes traînèrent sur le pont le garçon tout tremblant. On proposa par gaieté de le jeter à l'eau. Mais le cuisinier, un métis, intercéda pour lui ; ce jeune gueux s'occuperait des poulets et du cochon qu'on avait embarqués et ferait les corvées de cuisine. Le capitaine, qui n'était pas mauvais homme sous son aspect brutal, y consentit. Nathanaël avait dans le métis un protecteur à bord. Chose étrange, il accepta de lui sans répugnance des privautés qui lui avaient fait horreur, proposées par l'ivrogne de Greenwich. Nathanaël avait de l'affection pour cet homme à peau cuivrée qui était bon pour lui. Il ne mesurait pas le plaisir que l'autre pouvait avoir à protéger et à caresser un jeune blanc.

À la Jamaïque, on s'arrêta longuement pour décharger le fret apporté d'Angleterre et pour charger une cargaison de bois précieux qui finirait débitée en panneaux et en marqueterie dans les belles maisons de Londres. Le métis était natif de l'île ; il fit goûter à Nathanaël des fruits du pays et l'emmena dans les cases des filles, fort occupées ces jours-là, car il y avait dans le port plusieurs équipages. Nathanaël attendit son tour avec les autres. Ces belles lui plurent par la douceur de leur peau, celle, plus grande encore, de leurs yeux ombragés de longs cils et par leur tranquille abandon. Mais ces amours payées, réduites, faute de temps, à une brève étreinte; ces hommes pressés sur le seuil, tous en proie au même désir, l'emplissaient d'une vague répugnance; la crainte des maladies seule n'était pas en cause; il aurait voulu avoir une de ces filles bien à soi et pour longtemps, peut-être pour toujours, comme il avait cru avoir Janet. Il n'y fallait pas songer.

Les Noirs gravissant la passerelle, le dos plié sous de lourdes poutres, lui faisaient pitié; ils n'étaient peut-être pas beaucoup plus misérables que les débardeurs du port de Londres, mais ceux-ci du moins ne travaillaient pas sous le fouet. Malgré leur peau déchirée, il leur arrivait souvent de rire en montrant leurs dents blanches. À l'heure la plus chaude, quand les contremaîtres eux-mêmes s'étendaient à l'ombre, Nathanaël riait et baragouinait avec eux.

On appareilla pour les Barbades. La veille, le métis reçut un coup de couteau dans l'œil au cours d'une rixe. La plaie s'envenima; il mourut dans de grandes douleurs; on le commit à la mer après avoir récité sur lui un psaume; à la vérité, personne ne savait s'il était baptisé ou non. Nathanaël le pleura. On lui donna la place de cuisinier laissée vacante; il s'en acquitta de son mieux, mais à Saint-Domingue quitta le bâtiment. Il s'engagea comme marin à bord d'une frégate anglaise armée de quatre mortiers, qui s'apprêtait à croiser sur les côtes du nord-est pour mettre le holà aux empiétements des Français.

La mer, cet été-là, était presque toujours calme et, dans ces parages, à peu près déserte. À mesure qu'on remontait vers le nord, la moiteur chaude avait fait place à des brises fraîches; le ciel transparent devenait laiteux quand s'y étalait une mince couche de brume; sur les rivages de la terre ferme ou des îles (il n'était pas facile de distinguer l'une des autres), des forêts impénétrables descendaient jusqu'au bord de l'eau. Nathanaël se ressouvenait vaguement de bois inviolés au bord de sanctuaires dont parle Virgile, mais ces lieux-ci ne semblaient contenir ni anciens dieux ni fées ou lutins tels qu'il avait cru parfois en voir dans les bocages de l'Angleterre, mais seulement de l'air et de l'eau, des arbres et des rochers. La vie néanmoins y bougeait sous des multitudes de formes. Des milliers d'oiseaux de mer se balançaient sur la houle ou perchaient aux creux des falaises; un beau cerf ou un énorme élan traversaient parfois à la nage un pertuis entre deux îles, levant très haut leur tête alourdie par leurs vastes bois, puis grimpaient en s'ébrouant sur la rive.

À plusieurs reprises, des Indiens dans des pirogues approchèrent du navire, offrant des outres pleines d'eau fraîche, des baies, des quartiers de venaison encore sanglants, et demandant en échange du rhum. Quelques-uns avaient retenu plusieurs mots d'anglais, ou parfois de français, à force de pratiquer ce genre de troc ; à bord, on prenait soin qu'un officier ou un matelot sut jargonner au moins une des langues indigènes. Quelquefois, on embarquait un de ces sauvages en guise de pilote dans un passage difficile.

Un beau jour, l'un d'eux leur fit part d'une nouvelle : un petit groupe d'hommes blancs d'aspect particulièrement grave et sage, qui passaient leurs journées en cérémonies en l'honneur de leurs dieux, avaient été déposés dans une île toute voisine par l'équipage mutiné de leur navire ; ces hommes vivaient là depuis plusieurs mois ; les Indiens de la terre ferme, qui fréquentaient l'endroit dans la saison où l'on pêche, leur avaient parfois fourni de la nourriture ; le chef Abenaki, se trouvant immobilisé dans son campement par une longue maladie, les avait fait venir pour exiger d'eux un tribut de boissons fortes ; ils n'en avaient pas, mais lui avaient versé de l'eau sur la tête pour qu'il soit favorisé par le Grand Esprit; depuis, le chef allait mieux.

Ce n'était pas la première fois que le capitaine entendait parler de Jésuites venus de France pour évangéliser les sauvages du Canada. Outre qu'on ne pouvait souffrir ces simagrées catholiques, personne n'ignore que les révérends viennent rarement s'installer quelque part sans être soutenus par une arrière-garde de soldats et de trafiquants de leur pays. Ces pieux personnages étaient les émissaires du roi prétendument Très Chrétien.

L'île dont il s'agissait n'était marquée que depuis peu sur les cartes. Haute et rocheuse, couverte dans ses régions basses de sapins et de chênes, on reconnaissait de loin ses six ou sept sommets. On n'y trouvait rien de précieux, mais un bras de mer la pénétrait profondément au sud, formant un vaste port naturel merveilleusement abrité du vent; un îlot ovale en protégeait l'entrée; sur la rive gauche, au bas d'une grande prairie, coulait une source d'eau vive connue des navigateurs; ces mérites suffisaient pour que le roi d'Angleterre la disputât au roi de France. En approchant du rivage, on vit, au bord de noirs sapins entremêlés de chênes déjà rougis par l'automne, des huttes de peaux et de branchages que les Indiens avaient dû aider les intrus à construire. Une grande croix s'élevait au milieu. Le capitaine fit ouvrir le feu. Nathanaël avait horreur de toute violence, mais l'excitation des hommes manœuvrant les mortiers le gagna; le bruit se répercutait le long des montagnes basses. C'était la première fois sans doute qu'elles renvoyaient ce tonnerre humain, n'ayant jamais connu jusqu'ici que le grondement de la foudre, et, au dégel, les craquements des blocs de glace se détachant des falaises. À la distance où l'on était, on vit des hommes en soutane s'égailler dans les hautes herbes; deux tombèrent; le reste prit refuge dans les bois.

Un canot fut détaché et amarré sur le rivage, mais les huttes éventrées n'offrirent pour butin qu'un petit tas de vêtements et de provisions de bouche, avec des livres et une boîte d'instruments dont le capitaine s'empara. Nathanaël constata qu'un père avait commencé un herbier; les feuillets claquaient au vent. Il y avait aussi un calepin dans lequel un Jésuite avait entrepris un vocabulaire de la langue indienne, avec à l'encre rouge les équivalents latins. Nathanaël l'empocha, puisque personne n'en aurait voulu, mais le perdit par la suite.

Il avait hâte de secourir si possible les deux hommes tombés, sachant que ses camarades ne se soucieraient pas d'une telle tâche. Mais la prairie était plus grande et plus accidentée qu'il n'avait cru; il se sentait comme perdu dans cette mer d'herbes. L'un des deux hommes, d'ailleurs, était déjà mort. Nathanaël avança avec précaution vers le second, qui respirait encore. Il n'ajoutait guère foi aux propos furibonds des prédicants qu'il était allé dans son enfance entendre à Greenwich, dans le temple où il accompagnait ses parents, et la haine contre les catholiques ennemis du roi d'Angleterre ne l'habitait pas : néanmoins, on lui avait appris à craindre les papistes et les Français. Mais ce jeune homme n'était pas dangereux : il se mourait ; une partie du thorax était enfoncée ; le sang imbibait presque invisiblement la soutane noire. Nathanaël lui souleva la tête, et s'adressa à lui, d'abord en anglais, puis en néerlandais, sans se faire comprendre. Il s'avisa alors de lui demander en latin ce qu'il pouvait pour le soulager. Mais le latin du magister de Greenwich différait sans doute de celui d'un Jésuite français. Le mourant l'entendit néanmoins assez pour dire avec un faible sourire de surprise :

« *Loquerisne sermonem latinum ?*

— *Paululum* », répliqua timidement Nathanaël.

Et il ôta sa capote de marin pour en faire une couverture au mourant, qui sans doute avait froid. Mais déjà le Français le priait de tirer de la poche de sa soutane un gros petit livre, qui se trouvait être un bréviaire, et d'en détacher la page de garde, où quelques mots étaient inscrits. C'était son nom, et celui de la ville où se trouvait son séminaire.

« *Amice*, dit le mourant, *si aliquando epistulam superiori meo scribebis, mater et soror meae mortem meam certa fide dicerent…* »

Nathanaël plia soigneusement le feuillet et promit d'écrire au supérieur d'Angelus Guertinus, *ex seminario Annecii*, pour que sa mère et sa sœur ne fussent pas laissées dans l'incertitude. Annecium ne lui disait rien, et Annecy ne lui aurait pas dit davantage. Mais il ne s'agissait que de consoler un agonisant. Le jeune prêtre, se haussant un peu sur le coude, lui demanda d'ouvrir le livre à un endroit qu'il lui désigna : Nathanaël reconnut des psaumes qu'il avait lus en langue vulgaire dans la Bible de ses parents, mais ils sonnaient étrangement dans cette solitude qui ne savait rien du dieu d'un royaume appelé Israël, ni de l'Église Romaine ni de celles qu'ont fondées Luther et Calvin. Certains de ces versets cependant étaient beaux, ceux où il était question de la mer, de vallées et de montagnes, et de l'immense angoisse de l'homme. La voix de Nathanaël se brisait, comme il lui arrivait à l'école en lisant Virgile.

« *Summa voce, oro* », lui souffla le jeune Jésuite, soit qu'il comprît mal les paroles latines telles que Nathanaël les énonçait, soit que son ouïe s'en allât. Il ne respirait plus qu'à grand-peine. Nathanaël déposa le bréviaire dans l'herbe et courut puiser dans ses paumes l'eau d'un ruisseau qui coulait à deux pas. Le mourant en absorba péniblement une gorgée.

« *Satis, amice* », dit-il.

Avant que les dernières gouttelettes se fussent écoulées le long des doigts de Nathanaël, le père Ange Guertin, du séminaire d'Annecy, n'était plus. Il était temps de remonter à bord. Nathanaël reprit sa capote, devenue inutile au défunt.

Cet incident lui revint plusieurs fois en rêve par la suite, mais la personne à laquelle il apportait de l'eau changea souvent au cours des années. Certaines nuits, il lui semblait que celui qu'il essayait de secourir ainsi n'était autre que lui-même.

Le capitaine mit le cap sur le nord-est. Une de ses instructions était de vérifier ce qui restait d'une petite colonie anglaise établie naguère plus au nord, dans une île située à l'embouchure de la rivière Sainte-Croix ; cet établissement, disait-on, avait périclité. Pendant plusieurs jours, il fit gros temps ; le capitaine craignait les marées énormes qui déferlent sur cette côte durant l'équinoxe. Il venait de donner ordre de faire demi-tour, quand une saute de vent les jeta sur l'île dangereuse qu'ils cherchaient. Le vaisseau coincé entre des rocs n'avait pas souffert de grandes avaries, mais la bourrasque redoubla à marée montante ; de fortes lames soulevèrent la coque et la laissèrent en porte à faux. Les vertèbres de bois craquaient. Nathanaël réussit à escalader une roche à peu près à sec, mais une vague plus haute l'emporta. Il se souvenait d'avoir agrippé un bout de planche. Plus tard, il sut que le ressac l'avait déposé évanoui au fond d'une petite crique de sable.

Il revint à soi sur une paillasse, entre deux ou trois grosses pierres qu'on avait fait chauffer et mises près de lui pour qu'elles lui communiquassent leur chaleur. Sous les poutres basses, il aperçut les visages d'un vieil homme et d'une vieille femme penchés sur lui (ou du moins leur aspect était si usé qu'on les eût dits vieux), une fille toute jeunette, aux joues maigres, et un enfant d'une douzaine d'années qui souriait toujours. Il y avait aussi quelques autres personnes accroupies autour d'un tas d'objets qu'il reconnut avoir vus à bord. Il était si las qu'il se rendormit. Mais sa constitution était bonne. Au bout de quelques jours, il ne se ressentait presque plus de sa mésaventure.

Il sut bientôt qu'il était le seul survivant de l'équipage. Ce désastre avait causé à la petite population de l'île des sentiments mélangés. De la colonie décimée par les longs hivers, les mauvais étés, la variole et les coups de feu français, il ne restait plus que sept à huit feux. Ces gens comptaient depuis longtemps sur l'arrivée d'un vaisseau qui les ravitaillerait et peut-être les ramènerait au pays. Du moins, ils affirmaient désirer ce retour ; en fait, les notions de patrie et d'appartenance à un maître ne signifiaient plus guère pour eux ; cette pauvre île dont le nom ne se trouvait pas même sur les cartes semblait revenue au temps où elle n'appartenait à personne. Nombre de chaumines, construites quelque vingt ans plus tôt, s'étaient effondrées, et se voyaient à peine sous la broussaille et l'herbe haute. Une famille d'une dizaine de personnes, soupçonnées de faire à l'occasion métier de naufrageur, s'isolait au nord près d'un long banc de sable ; il y avait aussi contre ces gens-là des histoires de moutons volés. À l'est et au sud, quelques huttes se blottissaient sous les arbres ; de vagues sentiers marqués çà et là par de petits tas de pierres les reliaient entre elles ; ils disparaissaient l'hiver sous la neige. Un coureur des bois, sans doute chassé de Québec pour quelque méfait, s'était fixé dans une clairière avec sa femme Madeleine, de sang Abenaki, et leurs enfants aux cheveux plats et aux yeux sombres, et n'imaginait pas d'autre endroit où vivre. Deux frères installés dans une petite crique vendaient le surplus du sel qu'ils obtenaient en bouillant dans un grand chaudron l'eau de mer ; ils se servaient aussi de leur produit pour tanner, avec d'autres puants ingrédients, les peaux qu'on leur portait ou qu'ils prélevaient eux-mêmes sur leurs proies ; on comptait sur eux pour coudre des bottes et réparer des raquettes de neige. Ils avaient là leurs habitudes ; c'est à peine s'ils se souvenaient du village du Norfolk où ils avaient grandi. Un gentilhomme qui avait, dit-on, combattu en Flandre et fréquenté la cour du roi Jacques vivait isolé au pied d'une falaise avec son serviteur indien ; tout comme Nathanaël, il avait peut-être eu ses raisons pour quitter l'Angleterre. L'ancien pasteur de la colonie ne prêchait plus, frappé d'incapacité par un coup de sang ; il vivotait dans une petite ferme avec sa femme, sa fille veuve et les garçons de celle-ci. La famille qui avait secouru Nathanaël se composait du vieux, qui avait servi dans son temps, lui aussi, sur une frégate anglaise, de la vieille, originaire de La Rochelle, recueillie là après le naufrage d'une barque qui se rendait dans un établissement français, de leur fille qui s'appelait Foy, et d'un garçon simple d'esprit auquel on n'avait pas donné de nom. La vieille avait oublié sa langue natale et maugréait ou criaillait en anglais. Ces vieux s'étaient insensiblement attachés à ce lieu où ils peinaient depuis vingt ans, et eussent redouté un long passage en mer. Les enfants ignorants de tout ne s'imaginaient pas qu'on pût être mieux ailleurs.

Mais le naufrage du bâtiment si longtemps attendu avait eu ses bons côtés. La mer une fois calmée, ces miséreux avaient réussi à ramener à terre le gros de la cargaison; personne ne manquait plus de couverts d'étain, d'outils, ni de couvertures, et on avait même sauvé quelques caisses de salaison presque intactes. Nathanaël comprit bientôt que l'amour du prochain n'était pas la seule raison qui avait poussé les deux vieux à le ranimer et à le soigner : bien que fort robustes encore, ils s'étaient dit qu'un solide garçon de vingt ans n'était pas de trop pour les aider dans leur tâche, et Foy était en âge de prendre un mari.

Sitôt remis, Nathanaël prit part aux travaux de la mauvaise saison, aidant le vieux à affixer un nouveau manche à une faulx, calfatant le canot, allant chaque jour nourrir et abreuver le cheval, la vache et les quelques moutons entassés dans l'étable, qui était aussi une grange. Cette bâtisse était accotée à la masure, pour que la tiédeur de la demeure des bêtes se communiquât à celle des hommes, et conversement; une corde le long du mur extérieur menait de la porte de la maison à celle de l'étable; on s'y tenait en allant aux bêtes pendant les tempêtes de neige, de peur de tourner en rond et de périr sur place, sans retrouver l'entrée de la maison située à quelques pas. Quand la neige était ferme, on charriait le bois mort ou récemment coupé ; le petit cheval traînait les grands troncs. Par temps de gel, on descendait à la crique, et on creusait dans la glace des trous pour pêcher.

La maison n'avait qu'une seule pièce, mais une échelle menait dans les combles. Peu de temps se passa avant que le vieux et la vieille y aient installé une paillasse pour deux contre la paroi la moins froide, celle que l'âtre réchauffait d'en bas. On ne se soucia pas de se rendre chez le pasteur, dont les séparait toute la largeur de l'île, mais les vieux prononcèrent sur cette espèce de lit et sa courtepointe éraillée une bénédiction. Chaque nuit, Nathanaël et Foy montaient ainsi dans leur gîte noir, car l'économie et la crainte du feu étaient deux raisons pour se passer de chandelle. Nathanaël aimait cette noirceur. Il était bon d'y dormir ou de s'y caresser jusqu'à l'aube, chaudement serrés l'un contre l'autre. Foy dans l'amour tressaillait, poussait de petits cris, retenait Nathanaël prisonnier de ses bras et de ses jambes lisses ; ses pieds et ses mains exposés aux intempéries étaient au contraire rugueux et pleins d'engelures.

Le printemps venu, ils se mirent tous au travail des champs. Ce fut d'abord l'époque où les oiseaux migrateurs remontent vers le nord ; les enfants de l'Indien, qui était habile à tirer de l'arc, venaient avec des oies sauvages tuées en plein vol, qu'ils troquaient contre le blé qui restait. D'autres fois, ils apportaient des lapins qu'ils avaient assommés à coups de massue ou jetés bas à coups de fronde ; c'était un de leurs jeux favoris. La poudre étant rare, on tuait le plus souvent les grands animaux des bois en creusant des fosses couvertes de branchages où la bête agonisait les jambes parfois brisées par sa chute, ou empalée à des pieux disposés au fond, jusqu'à ce qu'on vînt l'achever au couteau. Nathanaël se chargea une fois de cet office, et le fit si mal qu'on ne le lui délégua plus. Dans l'eau presque toujours calme de la crique, on construisait à l'aide de haies d'épines ou de roseaux une sorte de labyrinthe dans lequel les poissons se trouvaient pris ; on les traînait à terre dans une nasse, tressautants et suffoqués, à moins qu'on ne les assommât à coups de rames. Nathanaël préférait à la pêche le ramassage des baies, si abondantes en saison que la couleur des landes en était changée ; ses mains et celles de Foy étaient rougies par le jus des fraises, bleuies par celui des myrtilles trop mûres. Bien que les ours fussent rares dans l'île, où ils ne s'aventuraient guère qu'en hiver, soutenus par la glace, Nathanaël en vit un, en pleine solitude, ramassant dans sa large patte toutes les framboises d'un buisson et les portant à sa gueule avec un plaisir si délicat qu'il le ressentit comme sien. Ces puissantes bêtes gavées de fruits et de miel n'étaient pas à craindre tant qu'elles ne se sentaient pas menacées. Il ne parla à personne de cette rencontre, comme s'il y avait eu entre l'animal et lui un pacte.

Il ne parla pas non plus du renardeau rencontré dans une clairière, qui le regarda avec une curiosité quasi amicale, sans bouger, les oreilles dressées comme celles d'un chien. Il garda le secret de la partie du bois où il avait vu des couleuvres, de peur que le vieux s'avisât de tuer ce qu'il appelait «cette varmine». Le garçon chérissait de même les arbres; il les plaignait, si grands et si majestueux qu'ils fussent, d'être incapables de fuir ou de se défendre, livrés à la hache du plus chétif bûcheron. Il n'avait personne à qui confier ces sentiments-là, pas même Foy.

En dépit de sa toux et de son souffle un peu court, Foy travaillait comme un homme. Elle montra à son jeune mari comment lier les javelles et construire les meules; elle arrachait avec lui du sol les grosses pierres qui pointaient partout, gênant la culture. Parfois, quand les vieux n'étaient pas à portée de vue, elle se couchait dans l'herbe à demi sèche, ce qui la faisait rire, car elle était chatouilleuse et, levant ses jupons éraillés, invitait Nathanaël. C'était bon. Il lui arrivait de penser ensuite à Janet, non qu'il eût mieux aimé celle-ci, mais parce qu'il lui semblait que Janet et Foy étaient la même femme. Toutes deux se plaisaient à chanter, d'une petite voix grêle, des bouts de chansons qu'elles ne connaissaient jamais tout entières; toutes deux se piquaient des fleurs dans les cheveux. Mais les joues de Foy étaient toujours un peu chaudes, comme si elle avait la fièvre, et elle était sujette à des suées abondantes, qui tout à coup la glaçaient.

Quand son état s'aggrava, on appela un sorcier indien qui exorcisait les maladies. Il brûla des paquets d'herbes qui remplirent la hutte d'une odeur étrange et poignante, se contorsionna, tomba à terre, poussa des cris rauques qui étaient en même temps des chants, mais Foy n'en alla ni mieux ni plus mal.

Les Micmacs et les Abenakis qui fréquentaient l'île dans la saison de la pêche étaient sans malice envers ces quelques blancs tirant à grand-peine du sol leur maigre provende. D'ailleurs, l'ancien coureur des bois gascon et sa femme indienne servaient d'intermédiaires entre les hommes au teint cuivré et les hommes à peau plus ou moins blanche. Nathanaël admirait l'endurance de ces sauvages, la fermeté de leurs corps sombres et quasi nus, leur soin de ne prélever sur le gibier que le strict nécessaire pour apaiser leur faim, et leur dédain presque total des mille objets fabriqués que les blancs s'étaient âprement disputés après l'échouement de la *Téthys*. Il s'aperçut pourtant que ces mêmes Indiens donnaient volontiers tout le produit d'une pêche pour un vieux couteau. Leur habitude de pisser droit devant eux, où qu'ils se trouvassent, même à l'intérieur des huttes, était sale, mais il songeait qu'un cheval ou qu'un bœuf, dont ils avaient la tranquille fierté, en eût fait autant. La guerre entre eux faisait souvent rage ; ils infligeaient, disait-on, d'épouvantables tortures à leurs prisonniers pour les honorer en leur donnant l'occasion de faire montre de courage ; ils ramenaient des scalps dans leurs cabanes, après les avoir élevés cinq fois vers le ciel au bout de leurs piques afin de libérer l'âme. Mais Nathanaël se souvenait de têtes de suppliciés suspendues à la porte de la Tour de Londres, et pensait que les hommes sont partout des hommes.

Chaque matin, il asseyait Foy sur le banc tiédi par le soleil d'automne, mais les vieux exigeaient sans cesse qu'elle prît sa part de travail. On l'entendait de loin tousser dans les champs. Ils ne s'attendrirent que quand elle ne quitta plus sa paillasse. La vieille faisait bouillir pour elle des lichens que Nathanaël allait quérir sur les rochers. La nuit, il couchait sur des sacs, pour la laisser dormir plus à l'aise, mais elle le suppliait de s'allonger près d'elle pour la rassurer et la réchauffer. À chaque filet de sang qui lui venait à la bouche, la peur de mourir lui écarquillait les yeux. Elle passa pourtant très vite et presque sans peine au début d'octobre. C'était le moment où les forêts grillées par l'été formaient des masses rouges, violacées, ou jaunes comme l'or. Nathanaël se disait que les reines pour lesquelles on drape dans les églises de Londres avaient des obsèques moins belles que celles-là. Le vieux s'était distrait de son chagrin en creusant la fosse : au cours de son travail, il aperçut une taupe dérangée dans son gîte souterrain et la coupa sauvagement en deux d'un coup de pelle. Sans que Nathanaël sût pourquoi, la mémoire de Foy et celle de cette bestiole assassinée restèrent à jamais liées l'une à l'autre.

Il eût voulu partir sur-le-champ. C'était difficile, mais point impossible. Les Abenakis lui avaient appris (car les nouvelles courent les bois) que les Jésuites de l'île des Monts-Déserts survivant aux mortiers de la *Téthys* s'étaient réfugiés dans un camp d'Indiens, et que ceux-ci leur avaient fait franchir en pirogue l'immense baie pour les mener plus au nord, du côté français. Si les hommes rouges s'attardaient encore un peu, profitant pour pêcher de ces jours de mer calme, il pourrait peut-être les décider d'en faire autant pour lui avant la mauvaise saison ; et l'un des vaisseaux à bannière fleurdelisée touchant de temps en temps la Nouvelle-France aurait sûrement besoin d'un matelot. Il débarquerait dans un port normand ou breton, d'où il gagnerait la Hollande ou l'Angleterre, selon ce que les hasards du vent ou ceux de la paix et de la guerre permettraient; si c'était l'Angleterre, il s'affublerait d'un faux nom. On trouverait à coup sûr dans quelque ville éloignée de Londres, et surtout de Greenwich, un magister ayant besoin d'un assistant; il se remettrait ainsi à l'étude. Ses années d'écolier lui semblaient à distance merveilleusement calmes et faciles. Ou bien, il resterait matelot, reverrait les Antilles, ou irait voir les ports de l'Asie. Mais aucune occasion ne s'offrit, et une pitié le prenait du vieux et de la vieille, l'un plus bourru, l'autre plus acariâtre que jamais, qui allaient passer l'hiver avec l'enfant simple d'esprit et les bêtes.

Par les grands froids, supportant mal l'atmosphère enfumée de la hutte (depuis une fluxion qu'il avait prise à Noël, il toussait un peu), il se réfugiait dans l'étable où les animaux répandaient leur bonne chaleur. De petits oiseaux à tête rouge, entrés par les fentes, s'affairaient là-haut dans la paille. Ils ne venaient qu'en plein hiver, transfuges de régions plus froides encore. Nathanaël empêchait l'enfant de les molester quand celui-ci l'accompagnait dans la grange. Il avait fabriqué pour le petit une flûte sur laquelle il essayait de lui enseigner les quelques airs qu'il savait, mais l'enfant ne les retenait pas.

Par contre, le petit apprit à confectionner des corbeilles; Nathanaël l'aidait à tresser ces beaux récipients fragiles. Les Indiens avaient laissé derrière eux quelques bottes d'herbe-douce dont ils se servaient pour leur vannerie, et dont la vertu est d'exhaler à nouveau, quand le temps tourne à la pluie, l'odeur qui a été sienne des mois, parfois des années plus tôt, lorsqu'elle était encore verte et fraîche au bord des cours d'eau. Nathanaël pensait que c'était presque comme si cette herbe avait une mémoire : à lui aussi, il suffisait de peu de chose, de socques abandonnés dans un coin, d'un rai de soleil sous la porte, d'une averse tambourinant sur les combles, pour lui rendre la douceur des premiers temps avec Foy. Sauf à ces instants-là, harassé qu'il était par les grosses besognes, il n'y pensait plus.

Parfois, il épouillait la tête de l'enfant qui ronronnait, accroupi devant le feu. Le petit battait des mains à chaque bonne prise. Foy naguère avait fait ainsi.

Le printemps revint avec ses nuées de moustiques; Nathanaël avait pris en dégoût les alentours de la hutte, tellement foulés aux pieds que l'herbe n'y poussait plus. Les peaux suspendues à des pieux semblaient des scalps; le poisson séché puait sur des claies. Mais l'occasion de fuir ne s'offrit qu'à la mi-été. L'un des deux frères sauniers, un gars nommé Joe, vint en canot échanger de son sel contre une pièce de bonne laine que la vieille avait filée et tissée durant les veillées d'hiver. Nathanaël sut de lui qu'un bâtiment anglais avait jeté l'ancre à l'entrée de leur crique, cachée à la vue, du point où l'on se trouvait, par des saillants de rocher. Le vaisseau resterait le temps qu'il faudrait pour réparer une avarie. Nathanaël descendit avec l'homme jusqu'au rivage pour l'aider à mettre à flot son canot. Il y sauta, et cria à Joe de l'emmener. Les vieux, debout sur le seuil, ahuris par ce départ imprévu, gesticulaient comme des pantins; le petit, sans s'apercevoir de rien, continuait à s'ébrouer comme un poulain dans l'herbe. Un éperon rocheux les cacha bientôt.

Le vaisseau avait perdu un homme du scorbut; Nathanaël n'eut aucune peine à se faire accepter à bord. Le vent les poussa vers la Terre-Neuve, d'où une bonne brise d'ouest les expédia vers l'Angleterre. Nathanaël avait appris la manœuvre au cours de ses deux premières traversées. Souple et léger, et de tête solide, il grimpait lestement de vergue en vergue; sa boiterie ne le gênait qu'à peine. Parfois, il s'attardait là-haut, accroché des pieds et des mains aux cordages, ivre d'air et de vent. Certains soirs, les étoiles bougeaient et tremblaient au ciel; d'autres nuits, la lune sortait des nuages comme une grande bête blanche, et y rentrait comme dans une tanière, ou bien, suspendue très haut dans l'espace où l'on n'apercevait rien d'autre, elle brillait sur l'eau houleuse. Mais, ce qu'il préférait, c'étaient les ciels tout noirs mêlés à l'océan tout noir. Cette nuit immense lui rappelait celle qui emplissait les combles de la hutte, et qui lui avait semblé immense elle aussi. La différence consistait en ce qu'ici il était seul. Mais il se sentait de même vivant, respirant, placé tout au centre. Il dilatait la poitrine pour aspirer le plus possible de cet air pur, puis redescendait jouer aux dés dans l'entrepont avec ses camarades. Chaque coup manqué donnait lieu à une surenchère de jurons et de blasphèmes compliqués.

Le vaisseau mouilla à Gravesend ; il fit route à pied vers Greenwich. Par prudence, il entra d'abord prendre vent dans la taverne où les hommes de la *Fair Lady* étaient jadis allés boire, pendant qu'il profitait de leur absence pour se glisser dans la cale. Personne ne le connaissait dans cet établissement, et, d'ailleurs, en quatre ans, il avait changé. Il se donna comme le camarade d'un matelot natif de Greenwich et qui l'avait chargé d'une commission pour les siens. Certes, le tavernier se rappelait d'un maître charpentier aux joues rouge vif, mort l'an dernier d'une chute dans les bassins de l'Amirauté ; c'était peut-être le particulier dont Nathanaël s'informait. Le jeune homme, dissimulant de son mieux, fit dévier l'entretien sur un gros marchand de fournitures maritimes, chez qui son compagnon avait servi comme commis. Le tavernier en savait long sur ce pieux forban qui vendait aux capitaines au long cours du biscuit avarié. Il était marguillier de sa paroisse et mieux dans ses affaires que jamais.

« Mon copain le croyait mort, dit timidement Nathanaël, à la suite d'une rixe avec un passant.
— Que non ! Ivre mort peut-être, car ce gredin confit en dévotion lève le coude. S'il avait jamais reçu un mauvais coup, on l'aurait su. On ne se débarrasse pas si vite d'un bougre comme ça. »

Nathanaël comprit que le gros homme avait gardé le silence sur l'incident, qui ne lui faisait pas honneur. Il avait dû régaler d'un mensonge quelconque les bons samaritains qui l'avaient relevé et soigné. Janet aussi s'était tue. Aucun constable n'avait jamais recherché un prénommé Nathanaël. Ainsi, ses craintes paniques, sa fuite, ses aventures au Nouveau Monde ne tenaient à rien. Elles auraient aussi bien pu ne pas être ; il aurait aussi bien pu rester à lire du latin dans une salle d'école. Quatre ans de sa vie croulaient comme un de ces pans de glace qui tombent de la banquise et plongent d'un bloc à la mer.

Rassuré quant à sa propre sûreté, il ne cacha

pas son vrai nom aux inconnus qui habitaient à la «Petite Hollande», district où était située son ancienne maison. On lui confirma la mort de Johan Adriansen, tombé d'un échafaudage et tué sur le coup. Les deux fils travaillaient maintenant à Southampton pour l'Amirauté. La mère était, disait-on, dans un asile luthérien pour veuves.

Nathanaël ne rendit pas visite au magister, ayant honte de son départ subit et sans un mot d'adieu. Janet (il le sut par la femme du tapissier) s'était mariée avec un marchand drapier de Londres. Rien ne servait d'aller la déranger au fond de son arrière-boutique.

Il trouva au contraire le chemin de l'asile où sa mère vivait avec d'autres veuves, toutes assez à l'aise pour payer à la communauté une petite rente. Ces dignes personnes logeaient chacune dans une maisonnette d'une seule pièce, donnant sur une cour où poussaient des arbres. Celle où résidait sa mère était miraculeusement propre : le cuivre du bougeoir et de la bouillotte brillait. C'était l'heure du repas; un bol de gruau et une assiette de hareng fumé étaient posés sur une nappe très blanche. Sa mère le revit sans attendrissement. Il advenait que des enfants partissent ainsi par coup de tête, pour voir le monde : le cas n'était pas rare. Dans les premiers moments, on l'avait cru mort. Mais bientôt, n'ayant retrouvé ni son corps, ni ses vêtements, on s'était dit qu'il s'était peut-être embarqué. Les Adriansen avaient ça dans le sang. Tout était bien, pourvu qu'il ait marché, où qu'il fût, dans les voies du Seigneur. Nathanaël raconta en gros ses aventures. La veuve l'écoutait sans parler, serrant judicieusement les lèvres. Mais une partie de son attention était distraite par son chat, qui se dressait contre ses genoux, tirant sur son tablier, alléché par le hareng sur l'assiette. Elle montra d'ailleurs son habituel sens pratique : le petit bien de la famille était géré par l'oncle Élie, imprimeur à Amsterdam. Les deux aînés le laissaient faire fructifier leur fonds, pour l'époque où ils rentreraient finir leurs jours au pays. Si Nathanaël voulait sa portion, qu'il allât la réclamer à son oncle, lequel était un juste et un honnête homme. On assurait du reste que le travail abondait dans les ports de Hollande et que la vie y était meilleur marché qu'ici.

« Plaise à Dieu que tu sois un brave homme, comme ton père et ton oncle Élie. »

Nathanaël ne savait trop ce que c'était qu'un brave homme, ni ce qui peut plaire ou déplaire à Dieu.

La maison d'Amsterdam avait bon air ; l'oncle fit entrer son neveu dans la petite pièce où il traitait avec les chalands. Élie avait racheté le fonds du libraire-imprimeur chez lequel il avait fait son apprentissage ; il était considéré et gagnait bien, sans excès. Il avait dû consacrer à cet achat le produit de la vente de la vieille ferme familiale ; on ne pouvait pour le moment distraire ce capital de l'affaire, mais ses neveux l'y retrouveraient plus tard au décuple. Nathanaël acquiesça vaguement ; il ne comprenait rien à ces combinaisons-là. Mais Élie dégela quand il apprit que Nathanaël savait son rudiment et possédait une belle main lisible. L'oncle tirait ses meilleurs profits de bons auteurs grecs et latins soigneusement collationnés et édités par de doctes professeurs de Leyde ou d'Utrecht, mais les corrections étaient onéreuses quand on les confiait à des gens à diplômes, même crevant la faim. Il n'avait sur place que deux correcteurs qualifiés, lesquels s'occupaient aussi de la mise en pages, des index, des rubriques marginales et des titres. Nathanaël gagnerait un peu moins que ces travailleurs chevronnés, mais très suffisamment pour bien vivre. Il ne fallait pas s'attendre à loger et à manger avec la famille ; Élie n'eût pas demandé mieux, mais sa femme, qui était bien née et d'éducation délicate, ne supportait pas les subordonnés autour d'elle. Nathanaël coucherait dans un coin de l'atelier jusqu'à ce qu'il se fût trouvé un gîte.

Le jeune homme remercia : l'endroit, pour s'instruire, valait bien l'école de Greenwich. Élie lui fit visiter les lieux. L'imprimerie était sise dans une cour fermée à la rue ; on y entendait bruire une fontaine. Il vit la salle des presses à main, celle des compositeurs penchés sur leurs casses, le magasin avec les ballots de papier, et la salle des ventes et des emballages, d'où les volumes sentant encore l'encre partaient pour l'Allemagne, l'Angleterre, voire même la France et l'Italie ; on avait appendu au mur la liste des ouvrages interdits dans ces différents pays, dont l'envoi eût mené à des séquestres et des pertes sèches. Les belles éditions, orgueil d'Élie, vêtues de vélin ou de basane, tapissaient un étroit parloir, flanquées de quelques tomes éculés de généalogie ou d'histoire, de dictionnaires ou de compendiums, où les correcteurs, en cas de doute, étaient censés vérifier un nom propre, un mot insolite ou une tournure inusitée. L'un de ces éplucheurs de mots était un homme entre deux âges, méticuleux comme pas un, mais aigri par la malchance, car c'était lui, disait-il, s'il avait su s'y prendre, et non Élie Adriansen, qui eût dû racheter la librairie bien achalandée de Johannes Jansseonius. L'autre, bon compagnon, avait naguère été en possession d'une chaire dans un collège, d'où l'envie de ses collègues, à l'en croire, l'avait bientôt fait descendre. Celui-là, tout en travaillant, fredonnait en grec de petits vers d'Anacréon, qu'il accommodait à des airs à la mode. Sans les lendemains de boisson, ce prodige de savoir eût suffi à tout : il arrivait que les lendemains durassent plusieurs jours.

Ces deux compères l'instruisirent de bon cœur des tours du métier, comme de lire un texte à l'envers, pour n'être pas distrait par le sens des mots, ou de s'adonner tout entier tantôt à la chasse aux erreurs de ponctuation, et tantôt à celles de syntaxe, tantôt à l'alignement et tantôt aux majuscules. Son latin d'écolier, dont il savait les manques, le rendait à la fois plus lent et plus soigneux que ces deux habiles ; ils se déchargèrent vite sur lui des tâches fastidieuses. Parfois, pris d'un scrupule et espérant s'instruire, il posait timidement une question aux doctes qui fréquentaient le beau parloir du libraire. Ces savants disputaient âprement avec

Élie du prix de leurs travaux, puis s'attardaient pour fumer une pipe. À l'un d'eux, érudit ès antiquités romaines, il demanda la date d'un consulat à mettre en marge d'une page de Tite-Live. Le savant eut idée que ce quidam cherchait à le prendre en flagrant délit d'ignorance, ou tout au moins d'incertitude, et lui tourna le dos.

Élie lui avait bien recommandé de ne jamais parler de ses années passées devant le mât. On n'avait pas besoin de savoir qu'il avait appartenu à la canaille jurante et buvante des gens de mer. Nathanaël s'en taisait donc à l'imprimerie. Mais une nostalgie le ramenait au port à ses heures perdues. Là, on pouvait, accoudé sur l'étroit garde-fou d'un pont, examiner d'en haut les navires à quai, voir le branle-bas des arrivées et des départs, apprendre des marins, toujours désœuvrés à terre, les incidents et la longueur de la traversée. Il leur avouait rarement avoir été des leurs, peut-être par gêne de ne l'être plus, mais ne se donnait pas non plus pour correcteur d'imprimerie, ce qui l'eût mis à part de ces hommes simples signant leur engagement d'une croix. Interrogé, il se disait charpentier, comme son père l'avait été avant lui, ce que paraissaient confirmer ses grandes mains. Ce titre lui servit de garant pour obtenir gratuitement possession, pour tout le temps qu'il faudrait, d'une bicoque dans une ruelle donnant sur le port, à condition qu'il la remît en état. Les vitres étaient brisées, la porte défoncée, des bouteilles cassées et d'autres détritus jetés par des passants poussaient seuls dans le carré du jardin. Il y mit bon ordre. Plus tard, il apprit que ce désarroi n'était pas dû, comme il le croyait, aux goguettes des précédents locataires. La bicoque coincée entre deux canaux avait servi d'asile au culte catholique interdit. Des argousins avaient fait irruption en pleine messe et emmené toute la bande au poste, et de là sûrement en prison, où ces gens sans doute languissaient encore. Nathanaël les plaignait.

Élie et sa femme crurent et dirent qu'il userait de cette bicoque pour y boire et y mener des filles. Ils se trompaient fort : sa tête ou son estomac (il ne savait trop) ne lui permettait pas plus d'un verre. Quant aux filles, il eût craint d'en être importuné s'il leur indiquait son gîte. Mais elles ne manquaient pas, tant s'en faut. Les putains le dégoûtaient, avec leur fard à bas prix et leurs robes achetées chez le fripier ; il ne leur trouvait pas la douceur de celles des Îles. Mais il suffisait qu'il s'assît, l'été, sur un banc, dans un coin obscur de promenade publique, pour que des filles vinssent se blottir ou se frotter contre lui ; chambrières ou petites servantes de boutique, ou jeunes bourgeoises assez futées pour s'être fait fabriquer une fausse clé ou avoir semé leurs compagnes. Leur ardeur l'étonnait : il n'avait jamais pris la peine de constater qu'il était beau. Mais leur désir éveillait le sien. Il les prenait parfois sur place, ou adossées à un arbre de la promenade ; les passants tardifs ne s'offusquaient pas de ces remuements de deux corps. Il arrivait que des messieurs bien mis, mais furtifs, s'approchassent aux heures avancées de la nuit. Il les plaignait de se sentir en butte à la vindicte de Dieu et des hommes pour une appétence après tout si simple. Il acceptait parfois de les suivre dans une encoignure plus sombre. Mais il n'aimait vraiment que les petits seins doux comme du bourre, les lèvres lisses et les chevelures glissantes comme des flocons de soie.

Il était de ceux que le plaisir, loin d'attrister ensuite, rassérène, et qui y trouvent un regain de goût pour la vie. Pourtant, il lui arrivait d'imaginer les confidences de ces filles dans leur arrière-boutique, ou sous les combles de la maison où elles étaient en service, les plaisanteries, les comparaisons, peut-être un avortement ou un infanticide dû à ses œuvres ou à celles d'un autre, ou, pis encore, un enfant de plus sur le pavé de la ville. Rien de tout cela n'était très propre. Ou, réveillé par une quinte de toux (depuis un soupçon de pleurésie au printemps, il n'allait pas tout à fait bien), il s'en voulait de ces occasionnelles débauches de substance et de force, de ce risque insidieux d'attraper du mal. C'était payer trop cher quelques spasmes.

Après quatre ans vécus sans penser (il le croyait du moins), il avait regagné le monde des mots couchés dans les livres. Ceux-ci l'intéressaient moins qu'autrefois. Il eut à corriger un César, suivi bientôt d'un Tacite, mais ces guerres et ces assassinats princiers lui semblaient faire partie de cet amas dit glorieux d'agitations inutiles qui jamais ne cessent et dont jamais personne ne prend la peine de s'étonner. Avant-hier, Jules César; hier, en Flandre, Farnèse ou don Juan d'Autriche, aujourd'hui Wallenstein ou Gustave-Adolphe. Les doctes dont les notes, explications et paraphrases gonflaient au bas des pages le texte court des *Commentaires* adoptaient en présence du grand capitaine le même ton obséquieux qu'ils prenaient dans leurs épîtres dédicatoires aux présents grands de ce monde; de ceux-ci, certes, ils espéraient une pension ou un stipende, mais c'était encore, eût-on dit, le plaisir de flagorner qui l'emportait. Ou si, par hasard, ils ravalaient César, c'était pour exalter Pompée, comme si à cette distance on eût pu juger. Nathanaël s'arrêtait parfois de lire, les coudes sur la table, laissant ses mèches d'un blond presque blanc lui pendre sur les yeux.

Ces tribus exterminées par le grand Romain lui rappelaient les sauvages égorgés ici, ou exploités là, pour la gloire d'un Philippe, d'un Louis ou d'un Jacques quelconque. Ces légionnaires s'enfonçant dans la forêt ou les marécages avaient dû ressembler aux hommes armés de mousquets s'égaillant dans les solitudes du Nouveau Monde ; ces étendues de boue et d'eau où grouillait Amsterdam avaient dû ressembler naguère aux estuaires sans nom entrevus là-bas. Mais César n'avait imposé aux Gaulois que l'autorité de Rome ; il n'avait pas eu l'effronterie de les convertir au seul vrai Dieu, un Dieu qui n'était pas tout à fait le même en Angleterre et en Hollande qu'en Espagne et qu'en France, et dont les fidèles s'entre-mangeaient... La canaille batave se pressait pour accueillir les vaisseaux rentrant des combats et ramenant les gains d'outre-mer. On voyait les bois précieux et les ballots d'épices ; on ne voyait pas les dents gâtées par le scorbut, les rats et la vermine du gaillard d'avant, les puantes sentines, cet esclave au pied coupé qu'il avait vu agoniser à la Jamaïque. On ne voyait pas davantage le sac d'or du marchand finançant au départ ces grandes entreprises, et parfois vendant aux capitaines ses denrées frelatées ou ne faisant pas le poids, comme le gros homme de

Greenwich. Il se demandait combien de temps dureraient ces turlutaines-là.

Il lut des poètes. Le magister, qui ne possédait qu'un Virgile, avait mis son élève en garde contre les lubriques élégies de Tibulle ou de Properce qui amollissent l'âme, ou contre les versiculets obscènes de Catulle ou de Martial qui enflamment les sens. Nathanaël eut à éplucher un petit volume des élégiaques latins et une édition d'Ovide. Il s'y plut : on rencontrait parfois au détour d'une page quelques vers coulant comme du miel, un assemblage de syllabes qui laissaient dans l'âme un arrière-goût de bonheur. Comme qui dirait les oiseaux de Vénus : *Et Veneris dominae volucres, mea turba, columbae...* Mais ce n'était quand même que des mots, moins beaux que les oiseaux au cou chatoyant et lisse... Il avait aimé Janet ; il lui semblait avoir aimé Foy ; le sentiment qu'il avait eu pour elles était plus simple et peut-être plus fort que celui qu'exprimaient ces poètes ruisselants de tant de pleurs, gonflés de tant de soupirs, et grillés de tant de feux.

Il lut Martial ; un Pétrone lui tomba entre les mains. Certaines pages le divertirent. Mais ces trois coquins de Pétrone, courant leurs aventures comme certains gars de sa connaissance dans les rues mal famées d'Amsterdam, ces gaudrioles de Martial couvertes de la patine des siècles, ces descriptions de postures ou d'assemblages bizarres, tout ce qui émoustillait les hypocrites commentateurs, c'était ce qu'il avait fait ou vu faire, dit ou entendu dire à l'occasion au cours de sa vie. Les gros mots de Catulle lui rappelaient les « cons », les « vits » et les « culs » dont ses camarades de bord agrémentaient ingénument leurs propos. C'était cela ; ce n'était que cela.

Les quelques traités de théologie que publiait Élie allaient à des correcteurs plus aptes que lui à repérer une erreur dans une citation biblique. Mais le patron (car l'oncle Élie n'était que cela pour Nathanaël) exigeait par bienséance que ses employés se rendissent au prêche. Après un quart d'heure passé à se demander si le sermon serait meilleur ou pire que celui de dimanche dernier, Nathanaël recourait à une méthode développée lors de son enfance à Greenwich : il dormait les yeux ouverts. Des oiseaux pépiaient dans le jardin du maître d'école ; la mer bruissait sur les rivages de l'Île Perdue ; la *Fair Lady* ou la *Téthys* claquaient des ailes. Puis, assis de nouveau sur le banc du temple, il entendait une fois de plus le révérend définir la Sainte Trinité, vomir les sociniens, les anabaptistes et le pape de Rome, ou assurer qu'on ne se sauvait que par Jésus-Christ. Les paroissiens chantaient ou braillaient des hymnes, trouvant plaisir dans ces exercices vocaux pris ensemble, puis repartaient, munis de dogmes, d'admonitions et de promesses pour une semaine, vers la potée fumante du dîner. Un jour où Nathanaël était rentré dans le temple, après le prêche, pour chercher les mitaines que l'aigre épouse d'Élie avait oubliées sur un banc, il aperçut le prédicant assis seul, la tête dans les mains, au milieu des stalles vides. Ce jeune homme à rabat sentait peut-être que ses paroles n'avaient pas porté, ou les vérités qu'il avait énoncées lui semblaient-elles moins vraies que tout à l'heure ? Nathanaël eût aimé l'aborder, comme naguère le Jésuite mourant, mais ne savait comment s'y prendre, et il se pouvait d'ailleurs que le révérend ne souffrît que de migraine. Il s'en fut sur la pointe des pieds.

Le lendemain, dans le parloir aux livres, il chercha dans une grosse Bible les seules pages vertes et fraîches dont il se souvenait dans cette forêt de mots, c'est-à-dire quelques versets des Évangiles. Oui, ces paraboles nées dans les champs ou sur les bords d'un lac étaient belles ; une douceur s'exhalait de ce Sermon sur la Montagne dont chaque parole ment sur la terre où nous sommes, mais dit vrai sans doute dans un autre règne, puisqu'elle nous semble sortie du fond d'un Paradis perdu. Oui, il aurait aimé ce jeune agitateur vivant parmi les pauvres, et contre lequel s'étaient acharnés Rome avec ses soldats, les docteurs avec leur Loi, la populace avec ses cris. Mais que, détaché de la Trinité et descendu en Palestine, ce jeune Juif vînt sauver la race d'Adam avec quatre mille ans de retard sur la Faute, et qu'on n'allât au ciel que par lui, Nathanaël n'y croyait pas plus qu'aux autres Fables compilées par des doctes. Tout allait bien tant que ces histoires flottaient comme d'innocentes nuées dans l'imagination des hommes; pétrifiées en dogmes, pesant de tout leur poids sur la terre, elles n'étaient plus que de néfastes lieux saints fréquentés par les marchands du Temple, avec leurs abattoirs à victimes et leur cour des lapidations. Et certes, la mère de Nathanaël vivait et mourrait fortifiée par sa Bible, entre sa bouillotte de cuivre et son chat, mais Foy, elle, avait innocemment vécu et cessé de vivre sans plus de religion que n'en ont l'herbe et l'eau des sources.

De temps à autre, il allait passer une heure au musico, avec son camarade féru de grec, l'insouciant Jan de Velde. Jan buvait dur et ressassait de bonnes histoires, souvent sales, qui le faisaient s'esclaffer. Nathanaël touchait à peine à son verre de genièvre que l'autre finissait par vider après le sien. Mais l'ivresse naissait des lumières clignotantes, des allemandes endiablées dans lesquelles se lançaient certains couples s'empoignant par la taille, des longues pipes exhalant leurs fumées infernales, pareilles à celles des diableries des estampes. Les filles qu'on voyait là étaient mieux nippées que les putains des rues, ou du moins leurs galons pailletés brillaient sous les lampes. Jan s'éclipsait bientôt à la poursuite d'une figure qui lui plaisait. Nathanaël payait leur écot à tous deux et rentrait plein de songes. Mais, ce soir-là, une voix qui chantait lui fit dresser l'oreille.

C'était une fille plus toute jeune, au beau visage doré comme une pêche. Juive sans doute, car il ne connaissait qu'aux Juives ce teint chaud et ces yeux sombres. Elle chantait en anglais, pour une tablée de marins, des airs à coup sûr déjà démodés à Londres : c'étaient ceux que Nathanaël avait aimés durant son adolescence à Greenwich. La voix un peu sourde était agréable, mais le beau visage par moments grimaçait quand, au cours d'une plaintive ballade, elle essayait d'exprimer un attendrissement qu'elle n'éprouvait pas; un clin d'œil au détour d'un refrain égrillard donnait l'impression d'un louchement. Mais ce n'était qu'un instant, et il en était de cet ovale parfait comme d'une eau lisse qui se referme après l'éclaboussante chute d'une pierre. Quand la fille fut seule, il surmonta sa timidité pour s'approcher d'elle.

On l'appelait Saraï ; elle se raconta en anglais sans gêne aucune ; dès qu'elle parlait au lieu de chanter, l'accent du ghetto d'Amsterdam reprenait le dessus. Elle avait fait à Londres carrière chez des procureuses célèbres, puis un certain lord lui avait, à l'en croire, donné maison et carrosse. Des manigances de rivales avaient dégoûté d'elle son protecteur; se trouvant à court, elle était revenue au pays; ce puant musico n'était qu'un pis-aller provisoire.

Elle se commanda de la bière. Bien que les marins du roi Jacques fussent partis, Nathanaël et Saraï continuaient à se parler en anglais; l'emploi de cette langue les isolait dans le brouhaha du musico, leur donnait l'impression d'être seuls et au chaud comme derrière les rideaux d'un lit. Elle avait de la gaieté et de la vivacité dans l'esprit; il s'étonnait de la sentir offerte, n'ayant jamais tout à fait accepté de croire qu'il plaisait aux femmes. Parfois, elle cessait de parler; sa bouche et sa voix se reposaient pour ainsi dire; ses yeux devenus graves semblaient à Nathanaël une nuit pleine de feux. Il partit du musico en lui promettant de revenir.

Il revint les soirs suivants; elle s'asseyait près de lui aux moments où le travail chômait. Une nuit de mauvais temps, il allait entrer, quand il l'aperçut en plein vent, un châle sur la tête, un ballot de hardes contre la hanche. Elle l'entraîna loin de la porte; elle haletait.

« Ils m'ont accusée de vol, dit-elle. Une voleuse, moi! Regarde un peu la marque des coups! »

Elle tendit ses bras nus jusqu'aux coudes.

À la lueur d'une lanterne de bateau, il vit des marques noires et se retint, par timidité, de les baiser.

« Moi, une voleuse ! La patronne m'a dit de déguerpir. Pour deux cochons danois qui ont perdu leur escarcelle, et l'un d'eux les canons de ses chausses... On s'en moque bien, de ses canons de dentelle ! »

Il comprit qu'il s'agissait de deux capitaines de vaisseau, débauchés, grossiers, qui avaient l'habitude de se la partager.

« Où vas-tu ? fit-il.

— Je ne sais pas. »

Il lui offrit de prendre asile pour la nuit dans sa cabane du Quai Vert, assez loin du musico. N'ayant guère l'habitude de marcher, elle trébuchait maladroitement sur le pavé de briques, sans éviter les flaques et les trous. Il semblait que les larmes de la colère lui brûlassent les yeux : au lieu de profiter pour se guider des lumières de quelques boutiques encore ouvertes, elle s'enfonçait comme une aveugle dans les recoins sombres ; il la soutenait du bras ; il la sentait toute roidie, plus furieuse encore qu'éplorée. Cette victime lui gonflait le cœur de pitié.

« Vite, soufflait-elle, plus vite ! »

Mais la peur devait la paralyser : elle marchait à peine.

Il entra le premier dans la chaumine, raviva le feu, lui avança l'unique escabeau et s'assit sur une bûche. Il avait pour elle les prévenances qu'il aurait eues pour une reine. Rassasiée par le pain et les reliefs qu'il lui offrait, elle regarda les lieux avec une moue moqueuse. Il regretta pour la première fois que les carreaux fussent fêlés, et qu'une longue crevasse balafrât le mur exposé au nord. Il mettrait bon ordre à tout cela. Et pourtant, depuis qu'elle était là, tout semblait doré comme par la lumière d'une lampe. Les ustensiles traînant à terre étaient beaux, et belle la couverture éraillée du lit, dont, quand ils s'y couchèrent, le branlement les fit rire. Elle ne fut pas chiche de ses charmes. Ce corps aux courbes un peu molles fondant les unes dans les autres était plus doux qu'il n'avait imaginé aucun corps. Il se retint de lui dire qu'il n'avait joui à ce point d'aucune femme, craignant d'être traité de nigaud ou de novice, ou de lui laisser prendre trop complètement barre sur lui. Et cependant, l'intimité du plaisir lui semblait établir entre eux une immense confiance, comme s'ils s'étaient connus toute la vie.

Il arriva tard chez Élie ce matin-là et repartit de bonne heure, pour acheter des choses qui manquaient au logis. Elle ne s'était pas levée. Ils se nourrirent de moules au vinaigre et de pain d'épice qu'on trouve chez les marchands en plein vent. Pendant quelques jours, ou quelques semaines (il n'en sut jamais le compte), il lui sembla vivre comme un roi ou comme un dieu.

Il étendait ce bonheur à tout ce qu'il voyait et côtoyait dans les rues grises : ces hommes vêtus de vestes ou de vareuses usées, ces femmes laides ou seulement à demi belles vues au marché ou dans les boutiques avaient peut-être eux aussi leurs trésors de passion à donner ou à recevoir de quelqu'un. Leurs corps étaient chauds sous leurs cottes élimées. Ces chaumières hirsutes, si pareilles à sa chaumine à lui, habitées par des employés de l'octroi ou des débardeurs du port, contenaient peut-être aussi un lit entouré d'une gloire comme celles qui percent les nues sur les frontispices des livres. Cette mince voix de femme déversant d'une fenêtre une chanson inepte, c'était peut-être, comme celle de Saraï, un baume pour un cœur d'homme découragé. Il rentrait ; il la trouvait encore couchée, recousant ses nippes. Comme d'autres l'ordre, elle faisait le désordre autour d'elle. Mais il était content de tout ranger à sa place. Au bout d'une semaine, elle se risqua à sortir un peu dans ce quartier dont elle n'avait pas l'habitude, à chercher le pain chez le boulanger, le lait chez une voisine en possession d'une vache, à remplir leur cruche à une fontaine dont l'eau était un peu plus propre que celle du canal. Elle suspendit même une fois leur lessive au bout d'une longue perche. Le soir, lorsqu'il s'appliquait près du feu à réchauffer leur manger, elle s'arrêtait dans ses allées et venues pour lui donner, comme en se jouant, de petits baisers sur la nuque ou lui lisser les cheveux. Mais il lui semblait parfois qu'elle ne l'aimait pas plus qu'une chatte qui se frotte à son maître.

Un jour, pendant une des brèves sorties de Saraï, il s'approcha du mur avec une truelle et du mortier pour réparer la crevasse bouchée de chiffons qu'il enleva. Quelque chose brilla à la lumière de la chandelle qu'il avait fichée à terre. Il enfonça la main avec précaution. C'était une escarcelle contenant des pièces d'or, des boucles de souliers d'argent, et, pliés dans un mouchoir, des canons de dentelle. Un instant, comme à Greenwich, lorsqu'il avait cru tué le gros agresseur de Janet, il se sentit la corde au cou. Convaincu de recel, son compte était bon. Puis, un sentiment d'horreur le saisit à l'égard de cette femme venue se terrer dans cette chaumine et faisant l'amour en guise de loyer. Même dans ce quartier perdu, où personne ne viendrait la chercher, elle n'osait sortir que depuis que les Danois avaient probablement pris la mer. Si vraiment ils l'avaient battue, et sans doute fouillée, avant que la patronne l'eût chassée du musico, comment se faisait-il qu'elle eût ces objets sur elle ou dans les quelques hardes qu'elle avait eu licence d'emporter ? Ces sévices dont le récit l'avait bouleversé n'étaient peut-être que frime ; elle avait dû décamper avant qu'on s'aperçût du vol. Il mit le corps du délit dans la poche de sa vieille vareuse et replâtra soigneusement la crevasse. Le soir venu, il jeta les objets volés dans le canal.

Il ne lui parla pas de sa découverte. De son côté, elle ne parut pas remarquer que la lézarde eût été replâtrée. Quelques jours plus tard, la crevasse reparut; il comprit qu'elle avait gratté le plâtre neuf. À son tour, il fit comme s'il n'avait rien remarqué. En y repensant, il se dit qu'après tout elle avait autant de droits sur ces pièces d'or que deux ivrognes danois. Le vol d'ailleurs l'indignait moins que la dureté de cœur de cette femme : elle l'avait de plein gré exposé à la honte, peut-être au gibet. D'autre part, il devait son bonheur à cette malpropre aventure. Lui aussi, en un sens, il abusait d'elle. La passion nocturne flambait toujours, et plus que jamais peut-être, depuis que le langage des corps était le seul dans lequel ils pussent franchement s'exprimer. Mais il avait le sentiment de coucher avec une femme contaminée.

Tout empira quand elle se sut grosse. Elle n'y voulait pas croire, s'étant toujours tirée d'affaire jusque-là. Quand tous les expédients eurent échoué, elle parla de rendre visite à l'avorteuse. Il l'en dissuada, craignant l'effet fatal des poudres et des longues aiguilles. Elle bouda plusieurs jours de suite, tantôt colérique et tantôt en larmes. Elle se négligeait ; ses vieilles robes sentaient le vomi. Il lui en fit faire une autre, en bon droguet, avec une coiffe et un tablier de toile ; elle ne voulut pas la porter. Pour mettre fin aux ragots du quartier, il décida d'en passer par les formalités du mariage. La chose n'était pas d'exécution facile ; il fallait trouver un pasteur à manche large qui consentît à officier, bien que l'époux ne fût inscrit sur les registres d'aucune paroisse, et qui acceptât Saraï sans lui faire subir les incommodités du catéchisme et du baptême. Il s'en ouvrit à Jan de Velde, qui trouva en effet, parmi ses nombreuses connaissances, un homme de Dieu complaisant. Quelque argent arrangea l'affaire. Après la cérémonie, qui fut courte, Jan de Velde les invita à dîner à la taverne, et fit rire aux éclats la mariée en imitant le prédicant famélique nasillant en néerlandais les versets de la Bible. Jan de Velde n'était pas dangereux pour les femmes. Mais ce mariage si vite tourné en dérision par l'épousée elle-même, cette bamboche après cette cérémonie frelatée furent amers à Nathanaël : il lui semblait vaguement avoir trahi quelque chose ou trompé quelqu'un.

Cette solennité n'adoucit en rien les humeurs du voisinage : Nathanaël fut commiséré et traité de benêt. La noire mélancolie de Saraï n'en fut pas non plus diminuée. Subitement, et plus de deux mois avant son terme, la jeune femme annonça qu'elle rentrait à la Judenstraat chez sa mère. Cette mère imprévue fit sursauter Nathanaël.

Il reprit pensivement leur histoire à partir de leur première rencontre. Même si cette mère-là n'était qu'une mère de théâtre, d'où venait que Saraï ne se fût pas réfugiée chez elle le soir de l'algarade au musico ? Sans doute était-ce crainte de compromettre la vieille femme. D'autre part, ce désir de retourner chez sa mère, à supposer qu'elle en eût une, se comprenait ; la bicoque du Quai Vert n'était qu'une masure humide ; Nathanaël partait au travail de bon matin et rentrait tard. N'ayant pas su se faire d'amies dans le voisinage, elle redoutait, non sans raison, d'avoir à accoucher, sans aide aucune, en son absence. Comme elle était déjà fort lourde, il fit venir une chaise pour le trajet, qui était assez long. Les commères du lieu ricanèrent en l'y voyant monter.

Mevrouw Loubah, plus connue sous le seul nom de Léah, habitait une maison à deux portes, l'une rue des Juifs, où elle tenait commerce de friperie, l'autre, au seuil lavé et récuré avec soin, donnant accès à sa boutique de fanfreluches venues de France, sise dans une venelle du quartier chrétien. Le beau monde ne dédaignait pas d'y marchander des rhingraves et des mantes de point de Gênes. Léah fermait le samedi, eu égard à la Loi juive, et le dimanche, où les chalands baptisés ne font pas d'emplettes. Le dimanche était aussi le seul jour où Nathanaël disposât d'une partie de son temps. On avait mis Saraï tout en haut dans une petite chambre ; la Mevrouw ou l'une des deux nièces de celle-ci lui tenait compagnie dans l'intervalle de leur pratique. Il y avait entre ces femmes une amitié tumultueuse et comme bouillante, des rires et des embrassades ; les voix montaient tout à coup au diapason de la colère ou se fondaient d'attendrissement. On se cachait tout, ou au contraire criait tout très haut. Léah et sa prétendue fille parlaient l'anglais, qui était leur langue secrète à l'égard des nièces ou de la servante; de temps en temps, un mot hébreu ou portugais semblait un signal à un endroit dangereux, marquant qu'il s'agissait d'autre chose que ce qu'on disait, ou qu'un nom était mis pour un autre.

Nathanaël ne sut jamais si elles étaient véritablement mère et fille, mais apprit grâce aux plaisanteries et aux récriminations échangées en sa présence que Léah avait tenu à Londres un élégant mauvais lieu : c'était elle sans doute qui avait vendu toute jeune Saraï à un certain lord Osmond, et assurément à d'autres. Un esclandre semblable à celui du musico avait fait perdre à la belle sa bonne place de maîtresse en titre ; elle avait décampé sans sa mère, qui avait battu en retraite quelques mois plus tard. Mevrouw Loubah, toutefois, allait et venait encore entre Amsterdam et Londres au service d'un diamantaire. C'était sans doute à cause de l'une de ces absences que Saraï avait préféré se réfugier au Quai Vert.

Par ailleurs, maintenant que Nathanaël vivait seul chez soi, des voisins s'arrêtaient de nouveau pour bavarder avec lui au bord du canal. Il sut ainsi que, l'été précédent, Saraï était souvent et longuement sortie en son absence, soit que Léah lui ménageât des rendez-vous payés, soit qu'elle aidât honnêtement ces femmes à plisser des dentelles ou à fabriquer des pommades, mais le silence de Saraï jetait sur ces allées et venues une teinte louche. Il se pouvait aussi que la chaumine éloignée fût une aubaine pour ces receleuses. Depuis la découverte du paquet caché dans la lézarde, peu de jours après l'arrivée de la jeune femme, Nathanaël n'avait plus songé à fouiller les lieux. Il s'y essaya un soir, mais tout pouvait servir de cachette, le chaume dépenaillé, le pavement où des carreaux manquaient, le tas de débris au fond du jardin. Du reste, Saraï avait évidemment tout enlevé en quittant la place.

Les femmes avaient promis de l'avertir de la naissance de l'enfant; dans la chaleur du moment, on oublia de le faire. Quand il vint à son ordinaire, le dimanche après l'accouchement, Saraï embellie et reposée lui sourit, les mains posées sur l'édredon; une des nièces la coiffait. Nathanaël chercha des yeux le nouveau-né, et le crut mort, ne le voyant nulle part. On l'avait le matin même mis en nourrice chez une voisine. Saraï avait trop peu de lait pour allaiter l'enfant.

Il se rendit chez cette gardienne. C'était une digne matrone déjà mûre, espèce de mère Gigogne orientale à l'aise parmi les vagissements et les cris. Des dictons pieux émaillaient ses moindres propos. Sitôt poussée sa porte surmontée d'un phylactère hébraïque, on se sentait loin de la rue bruyante, loin aussi de ce terrain piégé qu'était la maison de Léah. Le mari était un boucher rituel, habile à tuer lentement les animaux en les vidant de leur sang. C'était au foyer un brave homme au cœur tendre. La mère nourricière apporta une lampe pour montrer l'enfant :

« Il est beau, hein ? »

Nathanaël le trouva laid, mais savait que tous les nouveau-nés semblent beaux aux femmes. Il s'émerveillait que des plaisirs violents goûtés avec Saraï, de leurs rires et de leurs larmes, de leurs coups de reins et de leurs langueurs charnelles fût issu ce bourgeon fragile. Un duvet noir que l'enfant tenait de sa mère couvrait son crâne aux sutures à peine refermées. Les femmes, en tout cas, régenteraient sa toute petite vie, et s'il se pouvait que lui, Nathanaël, s'en chargeât un jour, que ferait-il de ce marmot qu'on saurait vite échappé d'une rue du ghetto ? Le petit venait d'être circoncis, ce qui blessa Nathanaël au fond de sa propre chair, comme s'il y avait dans cette oblation biblique une offense à l'intégrité des corps. Lazare — il avait reçu ce nom — grandirait parmi les us et coutumes de la Judenstraat, parfois pires, parfois meilleurs, mais en tout cas différents de ceux du Quai Vert ou de la Kalverstraat où se trouvait l'enseigne d'Élie. Il irait sans doute à l'école des rabbins, où ce qu'il apprendrait ne serait ni plus vrai ni plus faux que ce qu'on apprenait au prêche. Mais il était plus probable que la rue seule l'instruirait. Il connaîtrait sans doute peu son père. Mais, sur cette paternité aussi, on pouvait se poser des questions.

Nathanaël avait reculé d'un pas : il ne demandait plus à ramener immédiatement Saraï. Qu'elle eût jamais vécu le long du Quai Vert semblait presque un songe. Saraï, pourtant, ne refusait pas d'y retourner à la belle saison ; mais, pour l'instant, on gelait dans cette bicoque ; Nathanaël, qui toussait, en était la preuve. En attendant, Mevrouw Loubah le recevait bien, surtout depuis qu'il portait ses bons vêtements neufs, mi-artisan, mi-bourgeois. Il ne manquait guère d'offrir aux femmes des babioles ou des friandises. Saraï disait en riant que pour s'être ainsi remplumé, il avait dû faire un mauvais coup. C'était presque vrai.

Peu avant l'accouchement, il avait pris sur soi de redemander à Élie sa petite part du bien familial : il parla même de lui lâcher aux trousses un procureur ou un huissier. Élie s'exécuta. Ce fut comme si Nathanaël avait tiré de toutes ses forces sur une souche pourrie qui venait d'elle-même. Le contenu d'un vieux sac, quatre cent quatre-vingts florins en tout, fut versé sur la table du parloir aux livres, compté, puis recompté par le débiteur, reversé enfin dans le sac qu'Élie boucla avant de le tendre à son neveu. Nathanaël posa l'objet par terre, honteux d'avoir douté de la probité de cet honnête homme. Un bout de parchemin était prêt pour la quittance :

« Signez ! »

Le jeune homme le fit sans prendre la précaution de lire. En rendant l'acquit, ses yeux par hasard accrochèrent une ligne. Nathanaël ne donnait pas seulement quittance du bien qu'Élie disait lui revenir, mais de toutes sommes dues par son oncle à sa famille. Élie mit sous clef le reçu.

« Songez que nous avons eu des retranchements de rentes et des faillites sur la place d'Amsterdam depuis que votre défunt père m'a laissé ce magot à faire fructifier, dit aigrement le libraire.

— Quoi, ces rogatons ? Cette misère ?

— Je ne me flatte pas d'être assez riche pour appeler ainsi quatre cent et quatre-vingts florins », rétorqua le marchand de mots imprimés.

Nathanaël jeta les yeux autour de lui sur ce mobilier d'homme à l'aise.

« J'espère que vous gérerez le bien familial aussi soigneusement que je l'ai fait, reprit l'oncle avec une pointe de sarcasme. Quoique vous ayez sans doute d'autres obligations plus pressantes. »

Nathanaël reposa le sac sur la table.

« Que vous le preniez ou non m'importe peu, puisque vous m'avez signé ma quittance », dit sèchement le marchand qui, sous un prétexte quelconque, avait appelé Jan de Velde, sans doute pour s'assurer d'un témoin. Nathanaël empocha l'argent.

Il eût voulu quitter sur-le-champ, et pour de bon, cette maison où il avait quatre ans travaillé à épouiller ligne par ligne de doctes ouvrages. Mais l'oncle lui désigna du doigt des placards à emporter. Il les prit machinalement. Le visage d'Élie était sévère et mélancolique.

« Voilà à quelles insultes on s'expose, fit-il comme à contrecœur, quand on fait fructifier le bien d'une famille. L'ingratitude… »

On eût dit qu'à force de sang-froid viril, il s'abstenait de pleurer. Nathanaël sortit en crachant.

Il fit le projet d'écrire à ses frères. Travaillaient-ils toujours à Southampton pour l'Amirauté ? Sa mère à l'hospice (vivait-elle encore ?) savait lire sa Bible, mais non écrire. D'ailleurs, il eût fallu avouer l'incompréhensible pudeur qui l'avait empêché de vérifier à temps cette quittance, de peur de paraître se défier de leur oncle. On ne le croirait pas.

Il décida d'aller prendre conseil du petit père Cruyt, son ancien à l'imprimerie, à qui un mince héritage avait enfin permis de s'installer à son compte. Il ne s'agissait pas chez lui de beaux livres habillés de basane. Aidé de trois presses et de quatre ouvriers, qu'il tyrannisait d'ailleurs plus qu'Élie les siens, Niklaus Cruyt publiait sur papier à chandelle des recueils de sermons que lui apportaient des prédicants bouffis de vanité, ou soucieux peut-être de répandre la bonne parole, des calendriers rustiques, ou de petits traités d'art vétérinaire à l'usage de fermiers et de maréchaux-ferrants sachant lire. Mais les meilleurs gains provenaient de pamphlets du cru et de libelles en langue gallique sur les scandales de la cour de France, expédiés là-bas sous le manteau aux risques et périls des auteurs. Les affaires marchant assez bien, le vieux ce jour-là fumait sa pipe avec contentement. Il haussa les épaules au récit du piège tendu par Élie : ce réprouvé était comme ça.

« Dis donc », fit-il en avançant la tête avec une prudence de tortue, « si tu voulais placer les trois cent vingt florins que tu mets de côté pour tes frères, moi, Niklaus Cruyt, je te les emprunterais volontiers au denier douze. J'y gagnerais encore, les usuriers voulant le denier seize. Non qu'on soit à court, Dieu merci, mais faut toujours compter avec l'argent lent à rentrer. »

Nathanaël, détestant l'usure, insista pour le denier dix. On dressa un petit contrat et on trinqua dessus. Sur le seuil, le vieux lui cria de dénicher si possible un bon libelle bien sale sur les amours du Mazarin et de la Reine, puisque

Élie dédaignait ce genre de travail. Il se remit ensuite à engueuler un homme plié sous le poids d'un ballot, que Nathanaël s'était rangé pour laisser passer. Ce n'était pas l'atelier de camarades dont le jeune homme avait rêvé, où chacun prendrait à discrétion du gain commun, et où le surplus, considéré comme appartenant à tous, serait remis dans l'affaire. Mais il était bon que la part de ses deux frères fût placée. De ses deux frères? Quelque chose lui disait qu'il ne pourrait s'empêcher de grignoter cette somme pour l'enfant, si besoin en était, ou pour Saraï, si Saraï lui revenait un jour. Sa propre honnêteté n'était pas non plus sans faille.

Il confia à la nourrice de Lazare cinquante florins à employer pour le petit en cas d'extrême nécessité. La bonne femme plaça respectueusement dans un coffret l'argent du chrétien. Mevrouw Léah payait la pension, qui était peu de chose, mais la mère nourricière semblait en savoir long sur les hauts et les bas de ces femmes. Toutefois, il était probable que cette honnête, mais bavarde créature, ne se tairait pas longtemps au sujet de ce dépôt, et que Léah et Saraï l'entortilleraient pour se le faire remettre. Cette provision pour l'avenir n'était guère qu'un geste superstitieux, et comme une manière à Nathanaël de se prouver sa paternité.

Il avait pensé quitter Élie pour ses rivaux, les

Blau, mais l'atelier de ces brillants libraires était pour le moment au complet. De toute façon, la farce jouée dans le parloir aux livres avait amélioré plutôt qu'empiré la position de Nathanaël à l'imprimerie. Le départ de Cruyt faisait de lui, à son tour, un ancien, privilégié par rapport à un nouveau venu. Mais, surtout, Élie, content sans doute de l'avoir berné, lui témoignait tout à coup une sympathie avunculaire. Il l'honorait parfois d'une tape sur l'épaule ou même le félicita d'avoir fait diligence, un jour de travail pressant. Un dimanche, il l'invita à dîner après le prêche. Le repas fut taciturne : l'oncle et le neveu n'avaient rien à se dire. Élie plaça pourtant une allusion aux chrétiens qui s'éprennent de filles d'infidèles; Jan de Velde avait dû babiller. Mevrouw Éva, l'épouse d'Élie, si aigre naguère, glissait de temps en temps du côté de Nathanaël des regards curieux de prude pour un garçon qu'on lui a désigné comme aimé des femmes. Nathanaël s'esquiva.

Après ce plat repas, la maison de Léah lui parut plus que jamais douillettement avenante, et succulents les mets épicés déposés sur la table par deux filles rieuses et criardes, et capiteux les vins de Porto et de Madère. La tête un peu égayée, il parla des embellissements faits par lui à la maison du Quai Vert, et des arbres du quai qui bourgeonneraient sous peu. Saraï clignait énigmatiquement les yeux. Elle ne reprenait que lentement des forces et avait besoin des gâteries des deux nièces. On le laissa plusieurs fois coucher avec elle. Mais ce n'était plus ce nuage de gloire, percé de rayons, qui avait enveloppé le lit de la masure comme celui des accouplements merveilleux d'Ovide. Saraï n'usait plus envers lui que de ses arts de courtisane ; il n'avait plus pour elle que l'appétit banal qu'on a pour toute belle fille, et cette politesse du lit, qui fait qu'en compagnie on mange un peu plus qu'on ne voudrait, ou au contraire un peu moins. Il se savait en butte aux plaisanteries des nièces qui se moquaient de sa boiterie et fourrageaient dans ses cheveux en l'appelant toit de chaume. Il en riait avec elles. Un soir où Saraï souffrait de migraine, elle essaya de le pousser, comme par jeu, dans les bras de l'une de ces filles, qui n'eût pas demandé mieux. Il en fut moins choqué que blessé.

Il eut sa bronchite annuelle ; des voisins le soignèrent. Trois semaines plus tard, assez remis pour faire une course dont Élie l'avait chargé, il alla porter les placards de fort abstrus *Prolégomènes* chez un docte Juif nommé Léo Belmonte, qui habitait le quartier de Saraï. Le savant ouvrit lui-même ; il discuta affablement avec Nathanaël de quelques corrections portées en marge concernant deux ou trois constructions latines. Nathanaël eût aimé s'attarder davantage, se faire expliquer certains propos de l'auteur sur la nature de l'univers et sur celle de Dieu. Mais il se souvint de l'adage qui veut que le cordonnier, en présence d'un portrait, doit se borner à juger, non de la ressemblance ou de la beauté du modèle, mais du bien-rendu de la chaussure. Il n'était ni théologien, ni philosophe, et Léo Belmonte n'avait que faire de ses opinions.

Le soir tombant, l'idée lui vint de passer chez Mevrouw Léah, bien que ce ne fût pas l'un de ses jours habituels. Mais Saraï s'était peut-être inquiétée de sa longue absence.

La boutique était sombre, mais la porte restait sur le loquet. Un peu de lumière provenait d'une lampe dans la petite pièce du fond, à travers l'entrebâillement d'une tenture. Nathanaël retint son souffle : Saraï était là avec un homme. Il était ignoble d'épier ; il s'avança pourtant sans bruit jusqu'au seuil de la chambrette éclairée comme une scène. Ce cavalier, qui portait encore en tête son chapeau de feutre, couvrait de baisers moustachus la bouche de Saraï qui lui rendait ses sucées. Les seins de la jeune femme s'échappaient du corselet dégrafé ; la main du galant les tiraillait et les pressait mécaniquement comme des outres. Celle de Saraï glissa le long des côtes du client avec des grâces joueuses, s'attarda amoureusement contre son flanc, s'enfonça avec dextérité dans la poche de son habit. Nathanaël l'en vit retirer quelque chose de rond et de doré, probablement un drageoir qui disparut dans les amples plis de la jupe. En s'éloignant silencieusement, il entendit derrière lui le rire roucoulant qu'elle avait eu aussi dans ses bras. Il se retrouva dans la rue ; il se disait : « Elle fait son métier... Elle fait son métier... »

Il n'était même pas triste, et il eût été sot d'être indigné. Il plaignait ce quidam qui se trouvait sans doute, comme il s'était trouvé lui-même, dans la gloire, et qui était, comme lui, berné. Mais Saraï avait été élevée à tirer parti des hommes, comme les hommes tiraient parti d'elle. C'était très simple.

Il rentra au Quai Vert, raviva le feu de tourbe caché sous la cendre, et inspecta à sa lueur les quelques objets neufs achetés en vue du retour de Saraï : il cassa mécaniquement deux assiettes et deux gobelets de faïence, poussant les tessons dans un coin, puis rompit les lattes du berceau qu'il avait fabriqué pour Lazare. Il pensa déchirer la couverture presque neuve achetée à un matelot, qui, à coup sûr, l'avait volée à la literie de son capitaine, mais finit par s'en couvrir pour dormir. Il fit un long somme. Cette année de passion et de déconvenue tombait au gouffre, comme tombe un objet qu'on lance par-dessus bord, comme étaient tombés, à son retour à Greenwich, ses craintes paniques d'avoir tué le gros négociant amateur de chair fraîche, ses longs mois de vagabondage avec le métis, ses deux années d'amour et de pénurie avec Foy. Tout cela aurait pu n'avoir jamais lieu.

Il rendit les clefs au propriétaire, ancien capitaine de vaisseau à trogne hilare, qui, lui non plus, paraissait n'ignorer rien de son aventure :
« Alors, l'oiseau s'est envolé ? »

Le loup de mer ajouta qu'il n'avait jamais eu ce genre de souci ; les femmes étaient à prendre ou à laisser, et à laisser plutôt qu'à prendre. Quand il sut que Nathanaël lui abandonnait quelques meubles et quelques ustensiles en guise de loyer, puisque les réparations entreprises n'avaient jamais été complétées, le vieux protesta mollement avant de toper là. Nathanaël laissa des hardes et des livres chez un voisin, qui lui offrit de bon cœur une paillasse. Mais cette famille se tassait déjà dans une seule pièce. De toute façon, le jeune homme en avait assez de ce quai, de ces arbres, et des visages du quartier. Mais le besoin de s'entretenir avec un ami, ou quasi tel, était grand. Faute de mieux, il se rendit chez Cruyt, qui accepterait peut-être pour une petite somme de l'héberger dans son atelier.

En entrant, il fut pris d'un saisissement. Les presses avaient été martelées, pilées, aplaties ; des manivelles cassées ou des courroies coupées et tordues s'emmêlaient à terre ; une grande flaque d'encre s'étalait sur le comptoir et en dégoulinait en longues traînées. La mare luisante et noire lui rappela celle dont Mevrouw Loubah, toutes portes fermées, se servait pour dire la bonne aventure. Mais le plus étrange encore était le sol jonché de caractères d'imprimerie sortis des tiroirs béants; des milliers de lettres s'enchevêtraient en une sorte d'alphabet insensé. Nathanaël glissait sur cette ferraille.

« T'es venu voir ton ouvrage ? »

Le vieux assis derrière son comptoir, la tête appuyée sur les poings, un de ses coudes trempant dans l'encre, tourna vers lui une face hargneuse.

« Tu sais, le petit opuscule sur la cour de France que tu m'avais apporté de chez Élie? Pardon, de chez Mynheer Adriansen, le maître imprimeur, rectifia-t-il haineusement. Ça s'est bien vendu, surtout à Paris sous l'manteau. Seulement, moi je n'avais pas eu l'temps d'y mettre le nez pour le lire. C'est ça : Mynheer m'a fait la faveur d'apporter de chez son oncle ce petit pamphlet indigne de leurs presses, et, comme par hasard, il y était question de l'ambassadeur de France auprès des Provinces-Unies. Ce freluquet qui couche avec la femme de l'armateur Troin. Et comme quelqu'un n'a pas manqué de lui porter le libelle tout frais...

— Il a envoyé ses laquais?

— Penses-tu! Il a trouvé quatre costauds du port qui sont venus ici ce matin. L'ont tout cassé... »

La voix du vieux, elle aussi, se cassa. Nathanaël ferma derrière lui la porte ; le courant d'air faisait voleter çà et là des mains de papier déchiquetées sorties de leurs sacs ouverts. Il s'approcha pour commisérer, mais Cruyt l'écarta d'un grand geste qui envoya baller ce qui restait de la bonbonne d'encre à demi brisée.

« File, salaud ! Ça manigance avec son oncle pour ruiner les petits concurrents... File, que je dis, va retrouver ta putain juive... Et ces menteries au sujet d'histoires de sous... Tes sous, tu peux les... »

Nathanaël n'en entendit pas davantage : il sortit, essuyant machinalement de la main sa manche aspergée d'encre. Il plaignait le vieux, mais le pis était qu'il l'avait cru un ami. Pour parler franc, cette prétendue amitié ne masquait qu'une commune antipathie contre Élie. Et Saraï était une putain, certes, et elle était juive, mais ces deux mots ne suffisaient pas pour la définir. Ni l'un ni l'autre, d'ailleurs, ne signifiait ce qu'y mettait le petit Cruyt. À vrai dire, ils ne signifiaient presque rien.

Le plus simple eût été d'aller demander à l'une des logeuses de bon renom en ville un lit froid dans une chambrette glaciale et cirée. Il en avait les moyens. Mais le besoin d'un peu de chaleur humaine l'habitait encore. Jan de Velde habitait à deux pas de là dans la soupente d'un vieil entrepôt. On accédait par une série de trappes à cet appartement spacieux et bien aéré par des vents coulis. Jan l'avait plusieurs fois invité avec insistance à s'installer chez lui. L'idée lui vint de lui demander asile pour la nuit (quant à une cohabitation plus longue, on verrait), rien que pour le plaisir d'entendre la voix un peu enrouée de Jan débiter des drôleries ou fredonner du grec. Après tout, c'était Jan qui lui avait naguère déniché un pasteur pour épouser Saraï : on pouvait en toute simplicité lui parler d'elle. Les échelons succédant aux échelons l'essoufflèrent. Jan vint ouvrir dans ses habits du dimanche, ce qui allait de soi, puisque c'était jour férié. Il s'était même rasé de frais. Derrière lui, Nathanaël vit une table chargée comme pour un festin : une cruche de bière, du fromage, deux parts de gâteau, un carafon de genièvre. Il fit sa demande avec embarras ; Jan se rembrunissait.

« Quel dommage, vieux ! Tu tombes mal. J'attends, je l'avoue, ce soir, les faveurs d'Éros et le sourire de l'Aphrodite Céleste. Mais si tu reviens demain à l'heure du souper… »

Nathanaël secoua la tête. Les yeux un peu fades de Jan s'attristèrent ; il n'aimait pas manquer d'hospitalité envers un ami. Il proposa :

« Une goutte de genièvre ? »

Mais il n'apercevait plus que le buste de son visiteur déjà happé par la trappe et occupé à descendre. Les faveurs d'Éros… Le sourire de l'Aphrodite Céleste... Jan avait le droit de tenir à son aubaine... Nathanaël l'eût-il retenu au Quai Vert, l'un de ces soirs où il attendait, tout brûlant, que la porte se refermât sur quelque visiteur importun et que Saraï dégrafât sa chemise ?

La pluie commençait, mêlée de flasques flocons. Nathanaël se dirigea vers le bassin du port où amarraient les navires venus d'outre-mer. Leurs mâts ressemblaient de loin à des arbres dépouillés par l'hiver s'agitant au vent. Çà et là, une lanterne brillait, sans quoi on n'eût pas cru que des hommes vivaient dans ces coques noires. Il lui semblait maintenant que le plus beau temps de sa vie avait été ces traversées, ces nonchalantes escales dans des ports au climat languide, ou encore ces deux ans de dure vie et de naïf amour dans l'île que ses habitants appelaient l'Île Perdue. Mais aucun capitaine ne voudrait dans son équipage d'un ancien marin qui toussait et que le moindre effort faisait suffoquer.

Il s'aperçut que sa vareuse était toute blanche. La pluie décidément tournait à la neige. Il devait être plus tard qu'il ne croyait : toutes les lumières dans les maisons étaient éteintes. Mais il trouverait bien quelque part dans le quartier un bouge avec une chandelle allumée. Sans le savoir, toutefois, il s'éloignait du centre et marchait dans la direction des champs, attentif seulement à ne pas trop s'approcher d'un canal ou d'un fossé, car cette mort dans l'eau sale et la boue ne lui plaisait pas. En dépit de la neige fondue qui dégoulinait sur sa nuque, il avait très chaud. Il s'enjoignit de marcher droit, de peur que les gens, le voyant tituber, ne le prissent pour un ivrogne. Mais les rues étaient vides. En passant près d'une baraque qu'on dressait pour la foire, il reconnut, enveloppées de chiffons, serrées frileusement l'une contre l'autre, les carcasses de deux très vieux mendiants, Tim et Minne, pareils à un couple de chiens errants à qui tout le monde jetait des déchets. Nathanaël tira de sa poche une poignée de pièces de métal qui l'alourdissait et la leur lança : au tintement de l'argent et du cuivre sur le pavé de briques, les deux vieux se précipitèrent en grognant. La paie chez Élie n'était due que dans deux jours ; l'absence d'aujourd'hui et les trois semaines de bronchite seraient défalquées, mais peu importait. Il déboucha dans une belle rue à demi bâtie de belles maisons neuves ; les hautes façades plaquées de neige ressemblaient à des falaises ; des grilles ou des murs bas les séparaient l'une de l'autre ; le vent s'engageait dans ces venelles briquetées comme dans des crevasses. Nathanaël enfonça son bonnet, qu'une rafale emporta malgré tout, ce qui le fit rire. Il lui semblait que le vent virait sans cesse, comme parfois en mer. Il repéra dans l'un de ces murs un renfoncement qui lui parut abrité et s'y coucha pour dormir. La neige le recouvrit vite d'une mince couverture.

Il se réveilla dans une grande pièce aux murs blanchis à la chaux; les vitres des fenêtres étaient d'immenses carrés gris. Hier, aujourd'hui et demain ne formaient qu'un seul long jour fiévreux qui contenait aussi la nuit. Il crut qu'il avait dû participer à une rixe et recevoir au côté un coup de couteau : ce n'étaient que les élancements de sa pleurésie. Quelques jours plus tard, il revit plus distinctement ces mêmes murs et ces mêmes vitres où cette fois ruisselait la pluie. La salle était pleine de bruits et de relents humains. Quelqu'un toussait, qui était peut-être lui-même. À sa droite, un homme recroquevillé dans un lit geignait faiblement; à sa gauche, un autre, robuste celui-là, rejetait et ramenait tour à tour sur lui sa couverture, en répétant très haut, toujours sur le même ton : « Ma garce de jambe... »

Plus loin, un vieil homme d'aspect fiévreux parlait tout le temps, très vite, intarissable comme un mince filet d'eau qui déborde d'une fontaine. Il racontait sans doute toute sa vie. Personne n'y prêtait attention.

Le médecin passa, chapeauté de feutre, avec son col et ses manchettes amidonnés, entouré d'une troupe d'étudiants également bien vêtus. Les doigts froids d'un infirmier dépouillèrent Nathanaël de sa chemise (c'était celle qu'il avait portée à son entrée à l'hôpital, mais quelqu'un avait dû la laver et la repasser de frais), découvrant ses côtes maigres et son dos marqué par les suçons des sangsues. Pointant de sa belle main une légère baguette, l'éloquent médecin prononça quelques phrases latines sur le cours de cette maladie pulmonaire. Grâce à la vigueur de la jeunesse, le sujet en réchapperait encore cette fois-ci, mais les intempéries, l'hiver prochain...

Nathanaël pensa le surprendre par une réponse tournée en bonne latinité, mais à quoi bon étonner ce pédant? D'ailleurs, il était trop las pour parler; il ferma les yeux.

Quand il les rouvrit, des cris retentissaient à travers les portes fermées de la salle voisine. C'étaient ceux du voisin de lit de Nathanaël; le chirurgien sans doute tailladait sa garce de jambe. Ce patient ne revint plus dans la salle; un autre coucha sous sa couverture.

Les fenêtres encadraient maintenant le crépuscule. Se sentant mieux, Nathanaël se redressa sur son oreiller. Quelqu'un passait sur son corps une éponge humide, comme on le fait aux trépassés. Il regarda. C'était une grande femme entre deux âges, au visage froid et blanc, avec un air de compétence et d'attention. Un panier qu'elle avait apporté contenait des aliments ; elle lui fit avaler quelques cuillerées d'une crème épaisse et sucrée. Ensuite, mais moins longuement, elle s'arrêta devant d'autres lits. Les infirmiers la connaissaient ; c'était Mevrouw Clara, l'intendante de Monsieur Van Herzog, l'ancien bourgmestre. Elle visitait presque tous les jours les malades et les prisonniers.

Dès que Nathanaël fut en état de répondre, elle s'informa de son nom, de son logis, de son emploi. Quelques jours plus tard, elle apporta de mauvaises nouvelles. À la Kalverstraat, où elle s'était rendue, la longue absence de Nathanaël, précédée par trois semaines de bronchite au début de l'année, avait décidé Élie Adriansen à prendre un autre correcteur ; celui qu'on avait maintenant faisait l'affaire. Il y aurait, certes, du travail en surcroît qu'on pourrait de temps à autre réserver au convalescent ; on pourrait aussi l'employer dans la salle des emballages. Outre Élie, qui n'avait pas dit grand-chose, elle avait vu un bel homme aux cheveux frisés au petit fer, un nommé Jan de Velde, qui envoyait force compliments, et un vieux qui avait continué sa besogne sans se déranger. C'était sans doute Cruyt, pas fâché (qui sait?) après avoir connu les affres du patronat, de s'être remis au râtelier.

Mais qu'importait? Nathanaël ne désirait pas reprendre du travail chez Élie; on trouverait toujours ailleurs un emploi quelconque. Puis, un souffle de peur passa sur lui : Tim et Minne, dans leur jeunesse, avaient dû se dire aussi qu'on trouverait toujours quelque chose. Mais l'avenir auquel il faudrait pourvoir ne serait sans doute pas très long.

« C'est nous qui vous avons découvert sur le seuil du jardin, couché dans la neige, dit Mevrouw Clara qui semblait avoir deviné sa pensée, et nous ne vous laisserons pas manquer. Ils m'ont déjà permis plusieurs fois de ramener chez nous mes malades et mes infirmes. »

Elle mentionna deux de ses protégés : un vieux paralysé du bras droit, à qui on avait quand même trouvé une place de concierge dans un petit temple, près du Kaisergracht; une hydropique qu'on avait fini par caser dans un asile. En parlant de ses maîtres, Monsieur Van Herzog et la fille de celui-ci, Madame d'Ailly, elle employait toujours un vague pluriel. Dans ses moments d'humeur, ils étaient aussi « ceux d'en haut ». Peut-être ne les distinguait-elle que vaguement, à distance, ou bien, se rappelant que feu son mari, maître grainetier, avait été de très loin apparenté à l'ancien bourgmestre, tenait-elle à éviter tout ce qui se ressentait de l'infériorité d'une servante. Avant de quitter Nathanaël, elle insista pour lui faire parcourir le long corridor, pour exercer ses jambes.

Le lendemain, elle aida son convalescent à se chausser, rasa avec une dextérité de barbier les poils poussés sur ses joues pendant les longs jours d'hôpital, lui fit enfiler des vêtements d'occasion soigneusement reprisés dont elle possédait, semblait-il, toute une collection. Vu la distance, elle avait emprunté la barquette du jardinier. On fit lentement route par des canaux peu fréquentés; l'air printanier grisait le jeune homme allongé sous une couverture. Il s'appuya à sa bienfaitrice pour monter la marche du débarcadère au fond du jardin. Mais, quand il la remercia, elle lui intima de conserver sa voix et son souffle. Malgré lui, cette grande femme taciturne, au front bombé, aux cheveux tirés sur le crâne, lui rappelait les allégories de la Mort qu'on voit dans les livres. Mais cette notion superstitieuse lui fit honte : la mort, si elle était quelque part, était dans ses poumons, et n'avait que faire de se déguiser en intendante de grande maison.

Il la vit peu, désormais, bien qu'il couchât dans l'une des trois chambres donnant sur la remise qu'on réservait à l'usage de Mevrouw Clara. Celle-ci vaquait tout le jour à ses fonctions dans la riche demeure; vers le soir, elle prenait son repos, c'est-à-dire allait soigner ses malades et ses prisonniers. On s'était accoutumé à ses façons, et on n'exigeait d'elle que de suspendre à l'air, en rentrant, la grande cape et la coiffe dont elle s'enveloppait pour ces visites et qui eussent pu ramener dans leurs plis le mauvais air et la fièvre. Quant à elle, nulle contagion ne l'avait jamais atteinte.

Il ne la retrouvait guère qu'aux repas, qu'ils prirent d'abord ensemble. L'étiquette s'opposait à ce que l'intendante mangeât avec ses subordonnés, et Nathanaël, ayant fait ce qu'elle appelait des études, était traité par elle en monsieur.

Mevrouw Clara mastiquait en silence, ou relatait des incidents de l'hôpital ou de la prison. Il sut ainsi que lorsqu'elle se rendait à la Grande Geôle, elle portait toujours sous le bras un petit caveau qui faisait office de bain de siège et une écuelle pleine de suint de mouton, pour laver et graisser les plaies des inculpés soumis à la question, et qu'on avait assis, des poids aux pieds, sur l'arête tranchante du chevalet qui peu à peu leur sciait en deux le périnée. Elle se munissait aussi de tampons de charpie à glisser entre la cheville et les fers des condamnés. Mais il ne l'entendit jamais s'indigner de la barbarie des tortionnaires ou de la brutalité des gardes, pas plus qu'elle ne blâmait les médecins de l'hôpital expérimentant sur les pauvres. Le monde était ainsi fait. S'il l'admirait de ne se rebuter d'aucune plaie, elle répondait, avec la même simplicité, que Dieu l'avait façonnée de la sorte. Madame d'Ailly, qui avait une fois tenté de l'accompagner, s'était au contraire trouvée mal dans la cour de la prison : tout le monde n'a pas le tempérament qu'il faut pour supporter ces spectacles-là. Sans s'apercevoir qu'elle bouleversait son commensal, elle continuait à manger placidement, ramassant du bout des doigts les miettes restées sur son tranchoir. Mais elle insistait pour que Nathanaël prît pour sa toux une tisane au miel.

Le beau temps venu, elle l'installait au jardin pendant ses absences. Mais, sitôt qu'elle s'éloignait de son grand pas ferme, un besoin prenait le convalescent de se rendre utile et d'essayer ses forces. Il aimait plonger les mains dans la bonne terre molle et planter et sarcler comme il ne l'avait plus fait depuis l'Île Perdue ; le jardinier était tout aise de s'être acquis cet assistant bénévole. Un jour de pluie, à l'abri dans la remise, Nathanaël astiqua les deux traîneaux qu'on allait suspendre aux poutres par des courroies jusqu'aux prochaines neiges. Celui de

Monsieur Van Herzog, très simple, était souligné d'un filet doré; celui de Madame d'Ailly, plus petit, avait des ferrures d'argent et une tête de cygne. Mais l'odeur du vernis fit mal au jeune homme; sa toux s'aggrava. D'autre part, la besogne au soleil, avec la pelle et la pioche, que le jardinier disait avec un gros rire bonne pour la santé, le laissait vite trempé de sueur et hors d'haleine. Madame d'Ailly dut le voir dans cet état et en parler à Mevrouw Clara à l'heure des comptes de ménage. Un matin, la jeune veuve s'approcha de lui sous la charmille et dit d'un air embarrassé :

« Vous savez peut-être que nous avons dû renvoyer le valet de mon père, qui buvait et tapageait à la taverne. Monsieur Van Herzog a besoin d'un garçon ingénieux, de bonne volonté, et quelque peu instruit, comme vous l'êtes. Mevrouw Clara vous dira vos gages. On n'exigera pas de vous le port de la livrée. »

Il allait dire qu'il lui était indifférent de la porter ou non. Mais Madame d'Ailly faisait évidemment là une grande concession. Il ne restait qu'à la remercier.

Jusqu'à ce jour, il n'avait guère connu des domestiques de la grande maison que le jardinier et le palefrenier, dont les femmes coulaient la lessive. Il se familiarisa bientôt avec la cuisinière, grosse blonde qui dispensait à pleines écuelles et à pleins pots les aliments et la bière, et distribuait en guise de friandises les reliefs de « ceux d'en haut ». Il se lia avec le mari de cette forte femme, jocrisse efflanqué, à mi-chemin entre le laquais et le majordome ; il fit amitié avec le frotteur et la fille de cuisine, gens de peu qui ne mangeaient qu'après que tout le monde eut quitté la table, avec le galopin chargé des courses, avec la lingère qui parfois l'appelait, l'après-midi, pour l'aider à équilibrer une pile de linge, et s'appuyait peut-être un peu plus qu'il n'eût fallu sur lui en descendant de l'escabeau ; il amadoua même la femme de chambre de Madame d'Ailly, bégueule qui ne se mêlait pas aux domestiques et prenait ses repas sur un plateau dans l'antichambre de sa maîtresse. Il sut bientôt que le laquais-majordome levait le coude, tard dans la nuit, quand Monsieur Van Herzog et sa fille reposaient entre les bras de Morphée ; que la coquette lingère avait un bâtard en nourrice dans son village de Muiden ; que la souillon passait en douce les restes de cuisine à un certain rémouleur qui était son tendre ami ; que la femme de chambre de Madame d'Ailly appartenait à un petit conventicule mennonite et recevait parfois, dans une pièce d'en bas, deux ou trois vénérables benêts vêtus de noir qui lui soutiraient de l'argent. Tout en haut de cette pyramide, il y avait Monsieur Van Herzog, vieil homme aux traits fins, d'aspect malingre, de santé fragile, retiré de bonne heure des affaires publiques, et passant le temps avec ses livres et ses instruments de physique, et Madame d'Ailly dans ses discrets atours de veuve.

Nathanaël s'émerveillait que ces gens, dont il ne savait rien un mois plus tôt, tinssent maintenant tant de place dans sa vie, jusqu'au jour où ils en sortiraient comme l'avaient fait la famille et les voisins de Greenwich, comme les camarades de bord, comme les habitants de l'Île Perdue, comme les commis d'Élie et les femmes de la Judenstraat. Pourquoi ceux-ci et non pas d'autres? Tout se passait comme si, sur une route ne menant nulle part en particulier, on rencontrait successivement des groupes de voyageurs eux aussi ignorants de leur but et croisés seulement l'espace d'un clin d'œil. D'autres, au contraire, vous accompagnaient un petit bout de chemin, pour disparaître sans raison au prochain tournant, volatilisés comme des ombres. On ne comprenait pas pourquoi ces gens s'imposaient à votre esprit, occupaient votre imagination, parfois même vous dévoraient le cœur, avant de s'avouer pour ce qu'ils étaient : des fantômes. De leur côté, ils en pensaient peut-être autant de vous, à supposer qu'ils fussent de nature à penser quelque chose. Tout cela était de l'ordre de la fantasmagorie et du songe.

Pour la première fois, il vivait dans une maison de riches. Élie n'avait été qu'un bourgeois content de posséder des assiettes d'étain et deux ou trois gobelets d'argent; ce qu'il avait d'espèces était serré dans son coffre-fort. Le coffre des maîtres d'ici était éparpillé dans quelques douzaines de banques ou d'entreprises. La porcelaine de Canton dans laquelle Monsieur Van Herzog prenait ses repas témoignait que son père avait été l'un des premiers à dépêcher vers la Chine des escadres mercantiles, voyage si périlleux qu'on passait d'avance aux profits et pertes le tiers des bâtiments et des équipages. Cette fortune déjà vieille donnait à l'ancien bourgmestre les prérogatives et les loisirs d'un homme né riche; les pertes en vies humaines, les exactions et les astuces, inséparables de l'acquisition de toute opulence, dataient d'avant son temps et d'autres que lui en étaient responsables; son luxe et celui de sa fille en recevaient une sorte de douce patine.

En revoyant Londres, puis en découvrant Amsterdam après deux années passées dans l'Île Perdue, Nathanaël s'était émerveillé des aises de la grande ville, qui dispensent même les plus pauvres d'avoir à arracher quotidiennement à la terre et à l'eau les nécessités de la vie.

Défricher, puis labourer, semer, planter et récolter; équarrir les troncs qui serviraient à bâtir ou lier les fagots qu'on emploie à se chauffer; tondre les moutons, carder, filer et tisser la laine; abattre le bétail, fumer ou sécher le poisson nouvellement pêché ; moudre et pétrir, cuire et brasser : chacun des habitants de l'Île Perdue avait plus ou moins accompli toutes ces tâches, dont sa vie et celle des siens dépendaient. Ici, la bière était chez le tavernier, le pain chez le boulanger qui sonnait du cor pour annoncer la fin de la cuisson ; des cadavres tout prêts à servir de nourriture pendaient aux crocs du boucher ; le tailleur et le savetier taillaient en forme de vêtements des étoffes déjà tissues et des peaux déjà raclées et tannées. Mais la fatigue de l'homme s'échinant à obtenir la paie du samedi soir n'en était pas moindre : le pain quotidien prenait l'aspect de la piécette de cuivre, ou plus rarement d'argent, permettant d'acquérir ce qu'il faut pour vivre. Les demi-riches, eux, s'inquiétaient des échéances des rentes ou des baux ; une créance non recouvrée était pour Élie l'équivalent d'une moisson perdue. L'insécurité avait seulement changé de forme. Au lieu d'être visiblement assujetti à la foudre, aux tempêtes, à la sécheresse ou au gel, qu'on n'apercevait plus que par servitudes interposées, on dépendait désormais du publicain, du ministre de Dieu réclamant sa dîme, de l'usurier, du patron, du propriétaire. Chaque homme, même le plus pauvre, faisait vingt fois par jour le geste de celui qui tend, ou au contraire reçoit, un rond de métal pour acheter ou vendre quelque chose. De tous les contacts humains, c'était le plus commun, en tout cas le plus visible. Le dimanche, au prêche où Élie l'obligeait de se rendre, Nathanaël s'était souvent attendu à entendre dire : « Donnez-nous aujourd'hui notre sou quotidien, Seigneur. »

Mais, dans cette riche maison, l'argent semblait se renouveler et s'engendrer de soi-même : on n'en entendait même pas l'indiscret tintement. Il se déguisait en marbre encadrant le feu dans les hautes cheminées ; il ronflait doucement dans les poêles de faïence ; ici parquet, et là carreaux historiés, et plus loin tapis où s'étouffaient les pas. Il graissait la machine domestique qui prenait en charge les petits travaux et les petits dégoûts de la journée, envoyait au premier, chez Monsieur Van Herzog, et au second, chez Madame d'Ailly, les plateaux chargés de mets fins élégamment servis et l'eau chaude des soins de la toilette, et en ramenait matin et soir les eaux sales et le contenu des chaises percées. Il sentait bon dans les fleurs des jardinières, étincelait la nuit dans les lustres et les chandeliers munis de blanches bougies de cire. Travesti en bien-être, il l'était aussi en loisir : c'était lui qui permettait à Monsieur Van Herzog de s'adonner à l'étude, et à Madame d'Ailly de toucher du clavecin dans son salon bleu.

Et pourtant, cet homme et cette femme semblaient parfois à Nathanaël des captifs, et leurs valets, dont le départ en masse les eût laissés aussi démunis que Tim et Minne, des sortes de geôliers. Bien que bons maîtres, ils n'étaient pas aimés. Monsieur Van Herzog se faisait traiter de vieux grincheux quand il critiquait l'entretien des plates-bandes; les savants dont il s'entourait étaient considérés comme des cuistres bons à être mis dehors un peu rudement par les jeunes valets. Son gendre, Monsieur d'Ailly, tué en duel dix ans plus tôt, avait été un coureur de routes et de jupons, et, pour tout dire, un Français. Personne (sauf Nathanaël) ne s'apercevait que Madame d'Ailly était belle. On lui prêtait d'indiscrètes aventures qui ne s'accordaient pas avec son visage grave et doux. Le valet-majordome, en se penchant pour présenter les plats, avait vu ses petits seins dans l'échancrure du modeste décolleté; il n'en finissait pas de décrire un grain de beauté. La caménriste qui accompagnait Madame dans ses sorties pinçait les lèvres comme si elle eût pu dire des choses. Nathanaël aurait voulu prendre la défense de la jeune veuve si impudemment traitée, mais on l'eût accusé d'être son galant ou d'aspirer à l'être. Ces grossiers bruits de voix n'importaient d'ailleurs pas plus qu'un rot ou qu'un pet.

Depuis qu'il servait à Monsieur Van Herzog de valet de chambre, ses sentiments envers ce roide vieillard devenaient plus affectueux, plus filiaux certes qu'ils ne l'avaient été pour son propre père, dont il n'avait jamais reçu, enfant, que çà et là une gifle ou deux pennies pour du sucre d'orge. Monsieur Van Herzog ne faisait pas réarranger sa couverture, ne demandait pas son urinal, ou ne priait pas le jeune homme de grimper sur l'échelle de chêne prendre un livre au plus haut rayon sans le remercier comme il l'eût fait d'un égal. De temps à autre, il chargeait Nathanaël de lui lire une page imprimée en caractères trop fins pour ses propres yeux. Le cerveau de ce vieillard faisait au jeune domestique l'effet d'une chambre meublée avec soin et correctement rangée. Rien ne s'y trouvait de sale ou de laid, rien non plus de rare ou d'unique, qui eût compromis la belle symétrie du reste. Parfois, quand Monsieur Van Herzog levait vers lui ses yeux gris délavés aux paupières un peu rougies, Nathanaël se disait que ce maître muni d'une si longue expérience devait avoir au fond de sa mémoire bien en ordre un placard où s'entassaient des choses trop précieuses ou trop affreuses pour être exposées : ce n'était pourtant pas sûr, et le placard secret était peut-être vide.

De temps à autre, l'ancien bourgmestre recevait quelques vieux familiers, friands comme lui des problèmes scientifiques ou mécaniques du jour ; on voyait vite sortir de leurs poches un projet de microscope ou des fioles pleines d'un mélange chimique, quand ce n'était pas une grenouille éviscérée, mais ces savantes études paraissaient souvent à Nathanaël ne pas différer beaucoup des expérimentations et des jeux des garnements de Greenwich. Les démonstrations laissaient parfois sur les guéridons des traces d'acides que Nathanaël effaçait de son mieux à l'aide d'un vernis.

Dès que Monsieur Van Herzog sut au moins quelques bribes du passé de Nathanaël, il prit plaisir à présenter à ses doctes amis ce garçon qui avait couru l'Amérique et fait escale dans les Îles. Les voyages du jeune homme allumaient leur curiosité. En vain, Nathanaël leur rappelait qu'il n'avait côtoyé qu'une toute petite partie de ces rivages découverts de fraîche date, et quelques îles parmi des centaines, l'enthousiasme et le besoin de fabuler l'emportaient. Ses propres récits lui revenaient à la taverne à travers les bavardages de ces Messieurs (ceux qui avaient l'habitude de hanter les tavernes), ou de leurs valets (quand par hasard ils avaient un valet) : chaque fois ses propos remontaient à la surface méconnaissables et comme boursouflés. On lui prêtait une longue navigation sur le Meschacebé et dans le golfe du Mexique, qu'il n'avait jamais vus, même en songe. Aux petites assemblées tenues chez Monsieur Van Herzog, certains convives s'approchaient de lui mystérieusement et lui parlaient de Norumbéga, la ville d'or, aussi riche que les cités ruinées du Pérou, qui prospérait, disait-on, dans les brouillards et les forêts de chênes du nord, non loin de cette île des Monts-Déserts où il avait abordé. Des coureurs des bois en avaient même tracé le plan. Il essaya en vain de les persuader que Norumbéga n'était qu'une imposture, et que ces forêts n'avaient d'autre or que celui de l'automne. On le traitait de malin, et on lui riait au nez.

Ayant un soir, à son cuisant regret, fait allusion devant Monsieur Van Herzog à son quasi-mariage avec Foy, il fut bientôt supposé avoir été marié avec une princesse indienne. D'autres disaient que les Abenakis, « la tribu de l'aurore » (il leur avait traduit mot à mot ce nom) qui résidait à l'extrême est du pays nouvellement exploré, et dont il reconnaissait avoir fréquenté quelques clans, l'avaient fait prisonnier, et, sans les supplications de sa charmante épouse, l'eussent mangé. L'avidité de ces doctes gens était sans bornes pour les détails concernant la grosseur ou l'ampleur du sexe chez ces sauvages et ces sauvagesses, et leurs attitudes dans l'accouplement. Nathanaël croyait savoir que c'était comme ici.

Les curiosités de Monsieur Van Herzog n'étaient ni si crues ni si naïves que celles de ses habitués du soir. Mais, tout comme eux, cet amateur de sciences exactes manquait visiblement d'attention : dès que les propos, pour une raison ou une autre, ne l'accrochaient plus, il ne les entendait pas parce qu'il cessait d'écouter. Les faits simples ne l'intéressaient guère ; il fallait que le nouveau ou l'étonnant s'en mêlât. Comme ses savants amis, il comprenait mal et trop vite : si Nathanaël décrivait soigneusement une plante de là-bas, il croyait aussitôt reconnaître une de celles de ses herbiers ou, au contraire, il se cassait la tête au sujet d'un brin d'herbe qu'il aurait, en fait, pu trouver dans ses plates-bandes, s'il avait de plus près examiné son jardin. Ces Messieurs, le soir, se plaisaient à faire tourner une grosse mappemonde placée sous un lustre ; ils promenaient une lampe sur la surface pour démontrer les variations du jour et de la nuit, mais si le jeune homme, à l'aide de ses souvenirs de navigation, s'efforçait de corriger leurs notions sur les heures ou les saisons de là-bas, on s'ennuyait et on le renvoyait à l'office. Il ne demandait pas mieux.

À son coucher, ces soirs-là, Monsieur Van Herzog chargeait son valet d'aérer ses vêtements puant la tabagie, sans jamais, d'un mot ou d'un sourire, faire allusion aux beuveries et aux aigres ou bruyantes disputes de ses savants hôtes. Au départ, quand un convive particulièrement goinfre emportait dans une serviette graisseuse une moitié de tourte, il détournait la tête pour ne pas le remarquer.

Nathanaël pensait qu'il y avait en ce petit homme un bon cœur. Mais quoi ? Il se pouvait que Monsieur Van Herzog prît plaisir à être supérieur à ses hôtes en politesse comme il l'était sûrement par sa fortune. Riche et considéré, il avait de quoi s'offrir des lèche-assiette flattant ses manies. Nathanaël avait entendu louer, comme une qualité spéciale aux Pays-Bas, l'esprit d'égalité régnant dans les mœurs et dans les coutumes, dont la sobriété rejetait les galons et les rubans français. Mais il y a bien des nuances de ton et de qualité dans le simple drap noir. Cette égalité pas même concevable entre l'ancien bourgmestre et son laquais n'existait pas non plus entre l'opulent maître de maison et un chimiste sans emploi ou un anatomiste râpé, même admis à se repaître du plus fin de la cuisine.

Les réceptions de Madame d'Ailly étaient plus rares et moins bachiques. Elle donnait surtout des soirées ou de petits cafés musicaux, auxquels son père n'assistait jamais, n'ayant pour la musique pas d'oreille. On y voyait quelques jeunes gens bouclés et vêtus à la dernière mode, ou des hommes mûrs d'apparence austère, tous amateurs de bonne musique et de belles voix, mais il y venait surtout des femmes, la plupart jeunes, souvent agréables, et dont l'habillement raffiné ressemblait à celui de Madame. Des douairières étaient attifées comme au temps du prince d'Orange. Parfois, un virtuose italien se faisait reconnaître par son teint basané, les couleurs vives de son habit, et son empressement excessif envers les dames. Aux séances de musique de chambre, Madame d'Ailly elle-même touchait du clavecin. Nathanaël, en livrée ces jours-là, faisait entrer ces visiteurs qui, littéralement, semblaient glisser sur les tapis ; la musique imposait le silence avant même qu'elle n'eût commencé.

À l'office, prêtant l'oreille, le jeune valet tâchait d'amortir le plus possible le cliquetis de l'argenterie. Puis, tout à coup, *cela* surgissait comme une apparition qu'on entendrait sans la voir. Nathanaël n'avait jusque-là connu que des airs inséparables des voix qui chantaient : la voix aigrelette de Janet, la voix doucement enrouée de Foy, la belle voix sombre de Saraï qui vous remuait les entrailles, ou encore les chansons tapageuses de camarades, dont le bruit vous réchauffait dans la cambuse, soutenu parfois d'une guitare, et qui, en dépit du tangage, donnait envie de s'empoigner pour danser. Et souvent, au temple, il avait été transporté par l'orgue dans un monde d'où il fallait sortir sitôt qu'on y avait mis le pied, parce que les voix discordantes des fidèles vous ramenaient à terre comme par autant d'échelons cassés. Mais ici, c'était autre chose.

Des sons purs (Nathanaël croyait maintenant préférer ceux qui n'ont pas, pour ainsi dire, subi une incarnation dans la gorge humaine) s'élevaient, puis se repliaient pour monter encore, dansaient comme les flammes d'un feu, mais avec une délicieuse fraîcheur. Ils s'entrelaçaient et se baisaient comme des amants, mais cette comparaison était encore trop charnelle. On eût pensé à des serpents, si ce n'est qu'ils n'étaient pas sinistres; à des clématites ou des volubilis, si ce n'est que leurs délicats enroulements ne semblaient pas fragiles. Ils l'étaient, pourtant; une porte inconsidérément claquée suffisait à les briser. Plus les questions et les réponses se poursuivaient entre violon et violoncelle, entre viole et clavecin, plus s'imposait l'image de balles d'or descendant marche à marche un escalier de marbre, ou de jets d'eau fusant dans les vasques d'un jardin telles que Monsieur Van Herzog lui avait dit en avoir vu en Italie ou en France. On atteignait un point de perfection comme jamais dans la vie, mais cette sérénité non pareille était néanmoins changeante, et formée de moments et d'élans successifs; les mêmes unions miraculeuses se reformaient; on espérait leur retour, le cœur battant, comme s'il s'agissait d'une joie longtemps attendue; chaque variation vous menait, comme une caresse, d'un plaisir à un autre plaisir insensiblement différent; l'intensité du son croissait ou diminuait, ou sa tonalité changeait, comme font les colorations du ciel. Le fait même que ce bonheur s'écoulait dans le temps portait à croire que là non plus on n'avait pas affaire à une perfection toute pure, située comme on dit que l'est Dieu, dans une autre sphère, mais seulement à une série de mirages de l'oreille, comme il y a ailleurs des mirages des yeux. Puis, la toux de quelqu'un rompait cette grande paix, et c'était suffisant pour vous rappeler que le miracle ne pouvait se produire que dans un lieu privilégié, soigneusement préservé du bruit. Dehors, les carrioles continuaient à grincer; un âne maltraité brayait; les bêtes à l'abattoir mugissaient ou râlaient dans leurs agonies; des enfants insuffisamment nourris et soignés criaient dans leurs berceaux. Des hommes çà et là, comme jadis le métis, mouraient avec un juron sur leurs lèvres humectées de sang. Sur la table de marbre de l'hôpital, des patients hurlaient. À mille lieues peut-être, à l'est ou à l'ouest, tonnaient des batailles. Il semblait scandaleux que cet immense grondement de douleur, qui nous tuerait si, à un moment quelconque, il entrait en nous tout entier, pût coexister avec ce mince filet de délices.

Nathanaël circulait discrètement durant les pauses des musiciens, offrant du café ou des sirops glacés. Madame d'Ailly, assise au clavier, se retournait pour prendre une tasse ou un verre, déplaçant légèrement ses genoux sous les beaux plis du taffetas moiré. Des conversations reprenaient aussitôt, où perçait le timbre aigu des femmes; on prodiguait aux exécutants les éloges attendus, mais les propos retombaient vite au niveau des ragots de la ville, aux mérites d'une modiste, à des soucis de santé, ou, sous l'éventail, à un entretien furtif avec un galant. Les gens avaient beau prendre congé avec aux lèvres le nom d'une composition italienne, ils substituaient sans la moindre gêne à ces sons mélodieux leurs susurrements ou leurs petits rires, et l'appel crié au cocher ou au porteur de lanterne.

Pis encore : dès la fin de chaque sonate ou de chaque quatuor, des applaudissements avaient éclaté, si immédiatement déclenchés qu'on eût dit que ces personnes n'attendaient que ce moment pour faire du bruit à leur tour. Un horrible fracas de battoirs, qui faisait s'épanouir un sourire sur le visage des musiciens, et les pliait en deux dans un salut satisfait, succédait comme une émeute à un dernier accord doux comme une réconciliation. Quand la harpe était rentrée dans sa housse et les violons emportés dans leur étui sous le bras de leurs possesseurs, Madame, seule dans la salle vide, s'approchait rêveusement d'un miroir, remontait une boucle ou réarrangeait son tour de gorge ; avant de refermer le clavecin, elle posait parfois un doigt distrait sur une touche. Ce son unique tombait comme une perle ou comme un pleur. Plein, détaché, tout simple, naturel comme celui d'une goutte d'eau solitaire qui choit, il était plus beau que tous les autres sons.

Ce fut aussi dans la grande maison que Nathanaël eut pour la première fois, en les époussetant, occasion d'examiner des peintures. Enfant, les estampes de la Bible de sa mère lui avaient appris qu'on peut coucher sur le papier une image plus ou moins ressemblante de choses visibles et même invisibles : il se souvenait surtout d'un œil dans un triangle. Plus tard, il avait contemplé les tailles-douces des livres d'Élie : l'idée qu'il se formait des personnages de la Fable venait de là. Mais Monsieur Van Herzog avait davantage : une douzaine de toiles, petites ou grandes, enduites de couleurs laissant voir çà et là la trace des pinceaux du peintre, et encadrées dans de l'ébène ou du bois doré. On lui avait dit d'en prendre soin, parce qu'elles coûtaient bon. Il vint un jour où il les regarda de près.

L'ancien bourgmestre avait dans son cabinet deux peintures du port d'Amsterdam, avec des galères en rade. Les portraits de ses parents en habits d'autrefois ornaient son alcôve. On voyait, disait-on, dans la chambre bleue de Madame d'Ailly (Nathanaël n'y était point entré, la camériste la faisant elle-même chaque matin), un petit tableau qui scandalisait fort les servantes. Le peu qu'il avait retenu d'Ovide lui fit deviner une Diane au bain. Madame avait aussi la miniature de feu son mari, beau cavalier à fine barbiche noire.

Dans la salle, deux grandes peintures se faisaient face ; Monsieur dans sa jeunesse les avait achetées à Rome. L'une, Nathanaël le reconnut tout de suite, était une Judith. C'était, lui dit-on plus tard, un chef-d'œuvre de clair-obscur, c'est-à-dire qu'un peu de jour s'y mêlait à beaucoup de nuit. Une femme aux somptueux seins nus, le ventre à demi voilé de gaze, tenait entre ses mains le chef d'un décapité. L'artiste s'était sûrement plu à opposer le blanc livide de cette tête sanguinolente au blanc doré de cette poitrine. Le corps tronqué gisait sur le lit ; il était nu, lui aussi, sauf pour les plis discrets d'un linge, qui, avec ceux du drap froissé, offraient à l'œil un autre effet de blancheur. Le peintre avait dû reculer d'un pas pour mieux juger du contraste. Une petite négresse agrafait au cou de sa maîtresse une cape noire. Un lumignon dans un coin faisait luire un glaive d'où gouttait du sang. Un peu d'aube entrait par une embrasure. L'autre tableau au contraire montrait une scène de plein jour. On voyait sur une place festonnée de colonnades un beau jeune homme éploré, quasi nu, mais coiffé de lauriers, quittant une jeune femme pâmée. À en croire Monsieur Van Herzog, pas fâché d'instruire son valet sur l'histoire romaine, c'était Bérénice et Tite. Nathanaël avait lu quelque part que Tite était court et gras, et Bérénice une quinquagénaire fort experte, sans doute point pareille à cette tendre évanouie. Il doutait à part soi qu'un parvenu désireux d'épouser une reine, et une reine rêvant d'être impératrice, avaient été, comme l'affirmait pieusement Monsieur Van Herzog, de beaux exemples du pur amour, et encore plus que des badauds enturbannés et casqués aient contemplé leurs adieux.

À coup sûr, l'histoire n'avait pas à être reproduite point par point sur des toiles peintes bordées d'or. Mais il lui semblait qu'au faux des sentiments répondait le faux des gestes.

Le plus étrange était le comportement de Monsieur et de ses hôtes devant ces peintures. À vrai dire, presque personne n'y jetait les yeux. Néanmoins, l'ancien bourgmestre les montrait parfois en évoquant ses voyages, ou rappelait, ce qui semblait en rehausser le mérite, qu'il les avait achetées fort cher à un certain prince Aldobrandini. Ni lui ni ses amis n'étaient embarrassés, ni, semblait-il, émus par les seins provocants de Judith, alors que Madame eût scandalisé en se montrant dans un corsage un peu plus échancré que ne l'autorisait la mode. Chacun de ces gens, et Monsieur surtout, en ses fonctions de magistrat, eût grimacé de dégoût si la réalité leur avait proposé ce corps obscènement couché sur un lit défait et cette tête exsangue dont la bouche entrouverte devait sans doute, un instant plus tôt, s'être détachée de cette belle gorge. L'Histoire Sainte couvrait bien des choses. Quant à Tite et à Bérénice, Monsieur, si contraint dans ses propos et dans ses gestes, eût certes trouvé mauvais, ailleurs qu'au théâtre, que des amants pâmés se fissent en public de tendres adieux.

Mais sans doute, et Nathanaël se le disait avec humilité, le talent du peintre, et non les sujets, importait pour les connaisseurs. C'est ce qu'il comprit en écoutant disserter savamment l'ambassadeur de France, le même qui avait fait ravager la boutique de Cruyt. Ce seigneur qui se vantait de connaître les arts s'extasiait sur le dessin en diagonale de la *Judith* et la subtile proportion entre les personnages et les colonnes du *Tite*. Il semblait toutefois à Nathanaël que ces louanges sophistiquées ne tenaient pas compte de l'humble tâche de l'artisan occupé de ses brosses, de ses pinceaux, de ses couleurs à broyer et de ses huiles. Il devait y avoir comme toujours, pour ces tâcherons comme pour tous les autres, des cheminements imprévus et des gaffes tournées en aubaines. Les riches amateurs simplifiaient ou compliquaient tout.

Un matin, à brûle-pourpoint (c'était assez son usage), Monsieur dit à Nathanaël :
« Avez-vous entendu parler d'un sieur Léo Belmonte, rue des Ferblantiers ?
— Je me suis rendu chez lui pour lui rapporter des placards, quand je travaillais chez un imprimeur.
— Garçon de courses ?
— J'étais correcteur, dit modestement Nathanaël.
— Vous avez donc été l'un des premiers à lire ces précieux *Prolégomènes* ?
— À peine, Monsieur. Mon travail s'est borné à corriger quelques bourdes, et à cocher çà et là une phrase qui semblait peu claire, peut-être parce qu'un mot ou un point en étaient omis. Mais le sieur Belmonte n'a pas tenu compte de mes objections.
— De sorte que vous avez causé avec ce grand homme ?
— Quelques instants, sur le pas de sa porte », dit Nathanaël avec une soudaine rougeur que Monsieur ne s'expliqua pas. La mention de la visite à Léo Belmonte lui rappelait qu'il s'était

pressé ce jour-là pour aller rue des Juifs revoir Saraï, et l'avait trouvée faisant l'amour avec un cavalier.

« C'est un privilège », dit laconiquement Monsieur Van Herzog.

Et, penchant un peu son buste raidi :

« Parlait-on à l'imprimerie du particulier qui assumait les frais de l'impression ? Nul n'ignore que Belmonte est pauvre et qu'un libraire ne risque pas un liard sur un si savant ouvrage.

— Le patron mentionnait vaguement un riche amateur.

— C'est moi, moi qui vous parle », dit l'ancien bourgmestre avec fierté, mais d'une voix plus basse. « Ne l'ébruitez pas. »

« Pourquoi alors se confie-t-il ? » songea Nathanaël. Mais il savait que tout secret à la longue est lourd à porter.

« Je m'en repens parfois, poursuivit Monsieur. Certes, les *Prolégomènes* ont apporté à Léo Belmonte beaucoup de gloire. On lui écrit, dit-on, d'Angleterre, d'Allemagne, et même un Jésuite en Chine... D'autre part, il a été excommunié par ses coreligionnaires et vilipendé en chaire par nos prédicants, pour une fois d'accord avec les fils d'Israël. Comme tant de grands hommes, il paie son génie par l'adversité. »

Nulle réponse n'était attendue. Nathanaël prévoyait qu'un ordre allait suivre.

« Ces sublimes *Prolégomènes* ne sont, comme

leur nom l'indique, que l'avant-propos d'un autre livre qu'il est de mon devoir de faire connaître au monde, dût la persécution que subit Belmonte en être encore aggravée. Mais vous sentez qu'il m'importe de cacher qu'un livre subversif est publié par mes soins. Belmonte m'avait promis la fin de son manuscrit pour le jour de la Pâque juive. Cette date est passée. Vous irez chez ce philosophe et lui réclamerez de ma part l'ouvrage.

— S'il me fait confiance… osa objecter le domestique.

— Voici un mot signé, sans nom de destinataire, demandant les papiers promis. »

Nathanaël mit le billet dans son gousset et s'éloigna.

« Vous évaluerez de votre mieux son état, continua Monsieur Van Herzog. On le dit malade. »

C'était un beau jour d'été. Nathanaël trouva plaisir à cette longue course. Évitant la Juiverie, il gagna la rue des Ferblantiers par le côté chrétien. À dire vrai, les ruelles étaient de part et d'autre sordides, mais du moins dans celles-là il ne rencontrerait pas Lazare jouant au sabot.

La maison dont les derrières donnaient sur un canal un peu puant par cette chaleur avait un jardinet où la propriétaire prenait le frais.

Oui, Léo Belmonte habitait encore là. Tourner à droite sous les combles. Ce locataire gardait toujours sa porte ouverte.

Nathanaël monta, un peu court d'haleine. Les murs sales étaient couverts des habituels graffiti obscènes, mais quelqu'un avait dessiné sur un palier l'étoile de David et un autre, sans doute par goût de la contradiction, un rudimentaire crucifix d'où pendait un Christ. Ce devait être l'œuvre d'un papiste terré dans ce garni. Sur la porte de Belmonte, une main plus gauche encore avait tracé à la craie, non sans fautes d'orthographe, l'équivalent néerlandais d'une imprécation biblique contre les impies. Belmonte évidemment n'avait pas daigné l'enlever. Ce scripteur-là devait être un honnête calviniste, avec sa place et son livre d'hymnes au temple. Il n'était pas exclu qu'il n'eût commis aussi certains graffiti.

Nathanaël poussa la porte entrebâillée. Après l'escalier noir et frais, la chambre inondée de soleil semblait bouillante. L'odeur qu'on y sentait était celle du canal, mêlée peut-être au relent d'un seau que la logeuse n'avait pas vidé. Des mouches bourdonnaient. Un homme tout habillé, aux traits bouffis, les cheveux et la barbe trop longs, était couché sur un lit contre une pile de gris oreillers. Les yeux étaient fermés. Il demanda d'une voix forte :

« Qui est là ?

— Un messager de Monsieur Van Herzog.
— Ce n'est que cela », dit le malade comme déçu.

Il ouvrit les yeux. Son regard de braise perçait de part en part, comme une langue de flamme. Nathanaël lui tendit le billet.

« Mes lunettes sont quelque part sur cette table. Cette humiliation... Être obligé de chausser son nez d'un ustensile pour voir un peu mieux du noir sur du blanc... »

L'ayant lu, il déposa le billet sur son lit.

« On y réfléchira, dit-il. Et il ajouta d'un ton péremptoire :

— Je vous remets. Vous êtes le garçon auquel j'ai parlé un soir d'hiver sur le pas de cette porte. »

Les yeux de Nathanaël glissèrent vers le billet posé sur le drap. Un post-scriptum jeté d'une plume rapide faisait suite à la signature. Monsieur avait sans doute rappelé au soupçonneux malade la première visite du correcteur d'Élie. Cette prétention à l'avoir reconnu de soi-même et d'un seul coup d'œil parut au jeune homme une supercherie. Ou peut-être le malade voulait-il se targuer jusqu'au bout d'une parfaite mémoire des visages. Celui de Nathanaël était assez frappant pour qu'on s'en souvînt, mais l'idée n'en était jamais venue à son possesseur.

« *Deus sive Deitas aut Divinitas aut Nihil omnium animator et sponsor,* dit le malade d'une voix plus faible. Vous aviez critiqué cette phrase.

— Les trois premiers termes me paraissaient d'inutiles doublets et le quatrième une contradiction, dit Nathanaël. Mais je ne suis pas grand clerc.

— Vous êtes comme les autres. On vous a parlé à l'école d'un *Deus* tout court, et vous l'avez raisonnablement désappris ensuite. *Deitas aut Divinitas* eussent peut-être collé plus longtemps. Quant à *Nihil*... »

Il écarta de son visage une mouche insistante.

« Vous n'êtes pas sot, et c'est pourquoi votre physionomie m'est restée en tête, dit-il comme pour réparer sa demi-imposture. Vous aviez donc lu les *Prolégomènes*?

— Mal, et de plus il y a trois ans.

— Trois ans! s'exclama le malade. On use son temps et ses forces comme si c'était l'éternité qu'il s'agissait d'atteindre, et un quidam, qui par hasard vous a lu, vient vous dire qu'au bout de trois ans il a tout oublié. Échec à la gloire... »

Il ajouta un mot plus grossier.

« J'en garde pourtant une idée », dit l'ancien correcteur d'épreuves, remontant de son mieux, pour satisfaire son interlocuteur, par-delà Saraï et son amant moustachu, l'hôpital et l'homme mort de sa garce de jambe, Mevrouw Clara et les petits maux et les petites joies de la grande maison, jusqu'à sa dernière et savante lecture. « Oui, continua-t-il, j'en garde comme l'idée d'une espèce de beau glaçon aux arêtes coupantes que j'aurais par hasard eu en main.

— Belle comparaison pour un quasi-ignare, dit l'homme couché. Mais je sais d'où vous viennent ces lueurs de compréhension. Je vous ai déjà plusieurs fois entendu tousser. Vous crèverez comme moi dans environ deux ans. »

Nathanaël acquiesça d'un indifférent mouvement de tête.

« Ce n'est pas une prophétie, dit l'autre d'un air de sarcasme. C'est le constat d'un fait. Donnez-moi, s'il vous plaît, ce pot de bière à moitié plein, là, sur la tablette. Mon docteur me le refuse, mais on satisfait les désirs qu'on peut.

— Elle est tiède, dit Nathanaël en posant les mains sur la jarre.

— Je m'en contente. »

Nathanaël vida sur le plancher un peu d'eau stagnant au fond d'un verre et le remplit du liquide échauffé qui lui faisait avec une grimace penser à de l'urine. L'homme le but comme du nectar. Craignant qu'il n'étouffât, Nathanaël le soutint sur ses oreillers.

« Vous en voulez ? » fit le philosophe avec un hochement de menton, mais Nathanaël à son tour refusa d'un signe. « Merci, ajouta Belmonte en lui rendant le verre. Gerrit Van Herzog ne s'attend pas sans doute à ce que je vous traite en égal. Mais je n'ai pas d'égaux. Ce pingre du cœur n'est pas venu en personne, et il y a d'ailleurs trente ans que nous n'avons plus rien à nous dire. Et les savants qui me louent ou me réfutent en plus de pages que mon livre n'en contient m'assomment. Mais comme un malade frappé d'impuissance qui tripote encore, s'il le peut, sa garde-malade, j'ai plaisir à parler avec ce qui me semble un garçon d'esprit de ce que je m'imagine avoir fait. Vous pensiez donc du bien de mon ouvrage...

— Je ne suis pas sûr d'en avoir pensé du bien, dit avec embarras le jeune homme. J'ai pensé, je crois...

— Je n'en pense plus rien. Il se peut même que j'en pense du mal.

— Il me semble que Monsieur réussit à joindre et à lier entre elles les choses, et par là j'entends aussi les objets, les notions des hommes, à l'aide de mots plus fins et plus forts que les choses ne sont. Et quand les mots ne lui suffisent plus, par des chiffres, des lettres et des signes, comme par des filins d'acier...

— C'est ce qu'on appelle la logique et l'algèbre, dit le philosophe avec un sourire de fierté. Des équations parfaitement nettes, toujours justes, quelles que soient les notions ou les matières auxquelles on puisse les rapporter.

— Sauf le respect dû à Monsieur, il me

semble que les choses ainsi enchaînées meurent sur place et se détachent de ces symboles et de ces mots comme des chairs qui tombent... »

Il pensait à une bande de captifs noirs à demi pourris dans leurs chaînes qu'il avait vus à la Jamaïque. L'autre grimaça.

« Cette fois, la comparaison est laide. Mais vous n'avez pas tort, jeune homme. (Vous apportez de l'eau au moulin d'une de mes opinions favorites : j'ai toujours cru qu'entre simples et sages, le seul fossé était de vocabulaire.) Oui, il en est des choses et des idées comme d'un corps qui se décharne... »

Il regarda en fronçant le sourcil ses mains aux veines saillantes.

« ... mais leurs rapports demeurent néanmoins inchangés. D'autres chairs et d'autres notions prennent la place de celles qui pourrissent... Ces myriades de lignes, ces milliers, ces millions de courbes par lesquelles, depuis qu'il y a des hommes, l'esprit a passé, pour donner au chaos au moins l'apparence d'un ordre... Ces volitions, ces puissances, ces niveaux d'existence de moins en moins corporalisés, ces temps de plus en plus éternels, ces émanations et ces influx d'un esprit sur l'autre, qu'est-ce, sinon ce que ceux qui ne savent pas ce dont ils parlent appellent grossièrement des Anges ? Un monde d'en haut, ou d'en bas, en tout cas d'ailleurs (et je n'ai pas besoin que vous me disiez qu'en haut, en bas ou ailleurs sont des termes vides), jetés comme un réseau sur ce monde trop étroit qui nous gêne aux entournures... Ces Sépharoth dont on nous entretenait à l'école de la synagogue... J'ai rendu à ces brutes le service de traduire leurs notions surannées dans la langue des déductions et dans celle des chiffres. Ils m'ont remercié en brûlant en mon déshonneur des cierges qui puent.

— Moi », dit Nathanaël, se laissant aller comme il ne l'avait fait que quatre ou cinq fois dans sa vie avec Jan de Velde, qui de temps en temps au moins aimait citer un poète, ou parler des blandices du lit, « je crois bien m'être dit que je marchais dans vos *Prolégomènes* comme sur des ponts-levis ou des passerelles à claire-voie... À une hauteur qui donnait le vertige. La terre était si loin qu'on ne la voyait plus. Mais on se sentait mal à l'aise sur ces ponts volants qui pliaient sous vous, et ne rejoignaient entre eux que des sommets nus où il faisait froid...

— Et vous ne croyez pas qu'il y ait avantage a relier entre eux ces sommets? Cette trigonométrie spéculative (vous comprenez ces mots?) ne vous dit rien qui vaille...

— Il se peut... Mais je n'étais pas sûr que ces sommets fussent autre chose que des nuages amoncelés les uns sur les autres comme on en voit en pleine mer. Ou encore des îles qui sont seulement des bancs de brouillard.

— Ah ! si vous vous prévalez de votre ancien état de marin et d'une Île Perdue... »

Nathanaël crut cette fois flairer un sorcier. Monsieur, dans son bref post-scriptum, n'avait certes pu narrer toute l'histoire de son valet, et le jeune homme ne se souvenait pas d'avoir jamais mentionné devant les hôtes de la grande maison le nom de l'Île Perdue.

« Je pense comme vous sur tous ces points, dit inopinément le philosophe. Les passerelles des théorèmes et les ponts-levis des syllogismes ne mènent nulle part, et ce qu'ils rejoignent est peut-être Rien. Mais c'est beau. »

Nathanaël pensa aux quatuors que faisait exécuter Madame d'Ailly. Eux aussi étaient beaux, et ne correspondaient en rien aux bruits du monde, qui continuaient à part d'eux.

« Et », reprit Belmonte, dont l'enrouement semblait diminué par la bière, « voici donc le pourquoi des délais que déplore Gerrit Van Herzog, et dont la raison lui échapperait, même si on s'abaissait à la lui donner. Après avoir, selon les uns, homologué l'univers, selon les autres, prouvé Dieu, ou, au contraire, son inutilité (ces jean-foutre sont à renvoyer dos à dos), me revoilà le cul sur la terre nue, avec au-dessus de ma tête mes syllogismes parfaits et mes démonstrations incontroversables, perchées trop haut pour que je puisse d'un coup de reins essayer d'y prendre appui. La logique et l'algèbre ayant accompli leurs chefs-d'œuvre, il ne me reste plus qu'à ramasser dans le creux de la main une poignée de cette terre sur laquelle je me traîne depuis que je suis fait... Et dont je suis fait... Et dont vous êtes fait. Et dont la moindre motte est plus compliquée que toutes mes formulations. J'ai pensé recourir à la physiologie, à la chimie, à toutes les sciences du dedans des choses. Mais dans la première, j'ai trouvé des abîmes et des contradictions cachées, comme dans nos corps, sur lesquels d'ailleurs la physiologie sait peu de chose... Dans la seconde, j'en revenais aux généralisations et aux chiffres... S'il y avait quelque part un axe, comme un mât de cocagne sur lequel on pourrait grimper vers ce que ces gens-là supposent être en haut... Mais je n'en vois pas d'autre que la colonne vertébrale, laquelle, comme on sait, forme une courbe... Ou bien trouver un trou par lequel descendre vers je ne sais quels antipodes divins... Encore faudrait-il que cet axe ou ce trou fût au centre, fût un centre... Mais du moment que le monde (*aut Deus*) est une sphère dont le centre est partout, comme l'affirment les habiles (bien que je ne voie point pourquoi il ne pourrait pas être aussi bien un polyèdre irrégulier), il suffirait de creuser n'importe où pour amener Dieu, comme au bord de la mer on amène l'eau quand on creuse le sable... Creuser des doigts, des dents et du groin, dans cette profondeur qui est Dieu... (*Aut Nihil, aut forte Ego.*) Car le secret, c'est que je creuse en moi, puisqu'en ce moment je suis au centre : ma toux, cette boule d'eau et de boue qui monte et descend dans ma poitrine et m'étouffe, mon dévoiement d'entrailles, nous sommes au centre... Ce crachat qui roule en moi strié de sang, ces boyaux qui me tourmentent comme ne me tourmenteront jamais ceux d'un autre, et qui pourtant sont la même chair que les siens, le même rien, le même tout... Et cette peur de mourir, quand je sens néanmoins la vie battre avec passion jusqu'à la pointe de mon gros orteil... Quand il suffit d'une bouffée d'air frais venant de la fenêtre pour me gonfler de joie comme une outre... Donne ce cahier », ordonna-t-il à Nathanaël en indiquant une liasse sur la tablette.

Nathanaël l'alla chercher. Elle se composait d'un tas de feuillets de formats et de couleurs différents, souvent noircis et recroquevillés sur les bords, comme s'ils avaient été intentionnellement approchés du feu. Tous étaient couverts d'une petite écriture agitée, jetée dans tous les sens, mais l'encre en avait çà et là jauni. Une ficelle les reliait tant bien que mal.

« Tu vois ces ratures, et d'autres par-dessus, et les phrases raturées ont été rétablies à leur tour. Et Gerrit Van Herzog s'étonne d'attendre depuis trois ans mon second tome... Qu'a-t-il fait, pendant ces trois ans ? Apposé sa signature à des contrats qui triplent et décuplent ses biens mal acquis ? Il se dédouane en avançant trois mille florins à mon libraire, qui lui verse du reste un quart de mon gain... Ces gens-là louent mon calme, ma froideur, la sûreté de mes démonstrations qui enragent mes adversaires ; ils sont rassurés de voir que je me sers d'outils qu'ils croient posséder, et qu'ils pourraient au besoin apprendre à manier comme moi... Ils ne savent pas dans quel noir volcan je peux descendre... Ah ! les *Prolégomènes*... et faire jaillir de dessous eux les *Axiomes* et les *Épilogues*... Le chaos sous l'ordre, puis l'ordre sous le chaos, puis... Je serai le seul à avoir brassé tout ça...

— Monsieur Van Herzog sera gratifié d'avoir ces papiers », dit Nathanaël.

Le malade tendit farouchement les mains.

« N'as-tu pas vu qu'il manque le titre ?... Et j'ai à revoir certaines pages. Nous sommes mardi ? Tu lui diras que je t'ai ordonné de repasser mardi prochain. »

Nathanaël posa la liasse sur le lit. Belmonte appuya à ses lèvres un mouchoir que le jeune messager vit s'entacher d'un sang écumeux. Inquiet :

« Monsieur veut-il que je reste un peu ?

— Non, fit Belmonte. Ce n'est rien. N'oublie

pas de laisser la porte entrebâillée. J'attends le médecin. »

Nathanaël s'engagea dans l'escalier sombre. Au palier d'en dessous, il entendit les pas rapides d'un homme qui montait. Il se colla au mur pour le laisser passer. C'était un quidam en noir, à col et à manchettes blancs. Dans l'obscurité, on voyait mal son visage, mais sa vigueur était d'un individu jeune encore. Il portait un petit sac dont il bouscula en passant Nathanaël et s'en excusa en grommelant. « Le médecin du quartier », pensa le domestique.

Revenu chez Monsieur Van Herzog, il lui fit part de ce qu'il avait vu et entendu, sans pourtant lui relater point par point les propos du sieur Belmonte. Il en aurait été d'ailleurs bien incapable. Ce torrent de mots qui sur le moment l'avait jeté bas semblait rentré sous terre. Du reste, Nathanaël se demandait si Belmonte n'avait pas parlé que pour lui seul.

« Durera-t-il, jusqu'à mardi ?

— Il est encore robuste », repartit évasivement le jeune homme.

En fait, il lui était pénible de penser que Belmonte pût mourir. Quelque chose en lui souhaitait que ce malade fût immortel.

« Même en notre jeune temps », reprit pensivement Gerrit Van Herzog, « je l'ai toujours connu précautionneux... Il aura sûrement ordonné à sa logeuse qu'en cas de mort ses papiers me soient remis... Mais ne manquez pas d'aller chez lui mardi matin. Vous me rapporterez l'ouvrage avec ou sans titre. »

Mais le mardi suivant, un seize août, Madame d'Ailly donnait un concert de musique de chambre. Il était tacitement entendu qu'à ces occasions-là Nathanaël endossait la livrée et se chargeait du service. Monsieur se contenta de lui recommander d'aller le lendemain de bonne heure rue des Ferblantiers.

Ce mercredi était plus humide et plus chaud, mais moins ensoleillé, que le mardi de la semaine passée. La température affectait Nathanaël qui se dirigea d'un pas plus lent vers le centre de la ville, du côté de la Juiverie, évitant toutefois tout ce qui le rapprocherait de Mevrouw Loubah et de sa fille. La rue des Ferblantiers était coincée entre le quartier hébreu et le quartier chrétien, comme le destin du philosophe rejeté par les uns et désapprouvé par les autres. La barrière de bois du jardinet était ouverte. La grosse propriétaire s'éventait avec un torchon. Sans perdre cette fois la peine de l'aborder, Nathanaël monta directement sous les combles.

Contrairement à son attente, la porte était fermée, mais d'un simple loquet. Le dedans était vide. Vide non seulement de l'individu naguère couché sur ce lit, mais encore des meubles. Les vitres, les murs, le plancher étaient propres comme si on avait procédé à un nettoyage, mais un tas de poussière et de débris avait été négligemment poussé par le balai dans un coin. Sur les carreaux usés du pavement, on apercevait quatre trous creusés par les pieds du lit.

Nathanaël redescendit à pas lents. Dans le jardinet, la femme au torchon s'éventait toujours. Nathanaël s'assit près d'elle sur le banc.

« Ah, fit-elle, vous m'effrayez !

— Le sieur Belmonte a-t-il été transporté à l'hôpital ?

— Au cimetière des Juifs, dit la femme sans la moindre inflexion de voix. Mais il paraît qu'ils n'en voulaient pas.

— Mais ses hardes, ses papiers ?

— Ses hardes ne valaient pas trois liards. J'ai tout de suite prévenu sa fille.

— Nous ne lui savions pas une fille », dit Nathanaël, incluant sans même le remarquer Monsieur Van Herzog dans sa réponse.

« Si. Une bâtarde. Cet homme correct... Mais il avait été jeune, comme nous tous. Elle est commerçante à Haarlem. Je l'ai tout de suite prévenue pour qu'on ne m'accuse pas de faire main basse sur les meubles d'un locataire.

— Quel jour était-ce ?

— Il y a huit jours... Un mardi : le médecin venait toujours le mardi. Il est monté vers le soir et est resté deux heures avec son malade. Je le sais, parce que je l'avais vu s'enfiler dans l'escalier, et qu'il n'est redescendu qu'à la nuit tombante. Entre-temps, le locataire était mort. C'est le médecin qui m'a dit d'appeler la famille. Il semblait inquiet pour ses honoraires. Mais il a été payé. »

Huit jours. Nathanaël comprit qu'il avait dû assister à la dernière arrivée du médecin.

« La fille est bien, dit la logeuse avec conviction. Elle est allée chercher un revendeur qui a pris les meubles.

— Mais les hardes... Les papiers?

— On a vendu tout de suite les hardes à un chiffonnier qui passait.

— Mais les papiers?

— Le chiffonnier n'en a pas voulu. Alors, elle est descendue et les a jetés dans le canal. Il avait eu des ennuis avec ceux de sa religion, savez-vous ; elle ne tenait pas à garder ces bouts de papier-là. »

Nathanaël regarda l'eau lourde. Depuis que ce canal avait été creusé, on avait dû y jeter bien des choses, des déchets de nourriture, des fœtus, des charognes d'animaux, peut-être un ou deux cadavres. Il pensa à ce trou qui était Rien ou Dieu.

Il prit congé de la femme.

« Je vous remets », dit la femme, parlant comme l'avait fait Belmonte huit jours plus tôt. « Vous aussi, vous étiez monté ce jour-là, ou était-ce la veille? Moi, j'ai l'œil.

— Je suis garçon de courses.

— C'est cela, fit-elle. Il faisait toujours porter sa bière et son manger des cabarets du quartier. J'espère qu'il vous a payé comptant ? »

Nathanaël fit signe que oui. Elle lui souhaita le bonsoir.

Il rentra à la grande maison plus assombri que surpris. Il pensait à cette écriture délayée par l'eau et à ces feuillets ramollis et flasques coulant dans la vase. Ce n'était peut-être pas pire pour eux que l'imprimerie d'Élie.

Ce ne fut pas l'avis de Gerrit Van Herzog. Le vieil homme resta un moment assis devant sa table de travail, la mâchoire pendante.

«Ainsi, il n'est plus... »

Et, tapotant de ses doigts secs sur la table :

«Je ne le reverrai pas.

— Je m'étonne que Monsieur lui-même ne lui ait pas rendu visite.

— Moi ? cinq étages ?

— Monsieur eût pu envoyer son coche pour l'aller chercher, murmura Nathanaël.

— Ma position m'interdit de fréquenter un homme compromis, dit courtement Monsieur Van Herzog. Mais un chef-d'œuvre nous a peut-être glissé des doigts. Vous auriez dû garder le manuscrit quand il vous l'a laissé prendre en main.

— Que Monsieur me pardonne. J'aurais eu honte de contrarier un malade. »

Monsieur Van Herzog concéda gravement le fait. Puis :

« Nous ne saurons jamais le contenu de ces pages, à moins qu'il ne vous en ait touché un mot.

— Des mots trop abstrus pour être entendus par un domestique. »

La réplique de Nathanaël parut plaire. Après tout, il était juste et naturel que les propos d'un philosophe fussent inaccessibles à un valet, si instruit fût-il.

« Vous pouvez disposer », fit l'ancien bourgmestre.

Mais, à l'heure du coucher, après le doigt de madère qu'il prenait au moment de se mettre au lit, il fut plus loquace :

« Vous ne l'avez connu qu'en ruine, dit-il subitement, les larmes aux yeux. Moi, j'ai vécu et voyagé avec lui avant l'âge de trente ans, alors qu'il était encore pourvu comme moi de considération et d'argent. Je n'ai jamais vu d'homme plus libre, plus lucide, plus grand... Sa force de vivre embrassait toutes choses. Nous avons parcouru ensemble l'Italie et l'Allemagne : il était toujours, pour ainsi dire, d'un pas avant moi... Mais à Amsterdam... Chacun rentre en somme dans la coquille où Dieu l'a mis. J'ai fait carrière... J'ai épousé une femme bien née... Encore s'il était resté parmi les Juifs qu'on prend en considération pour leur richesse et leur rang parmi les leurs. Il a choisi de rompre avec les siens pour aller vivre sous les combles, seul, comme si on pouvait l'être... Par ailleurs, on assure que ses dernières fréquentations... Ce ne sont peut-être que des ragots. En ce qui me concerne, j'ai toujours tenu ma place sans broncher. »

Il s'arrêta, constatant qu'il se confiait à un valet. Couché à plat entre les draps, une bougie allumée sur sa table de chevet, il avait l'air plus mort que Belmonte deux heures avant sa fin et plus vieux de vingt ans, quoique les deux hommes fussent à n'en pas douter du même âge. Il ne put s'empêcher de murmurer, cette fois pour soi seul :

« Je lui ai pourtant rendu un service insigne en faisant publier son livre. Il ne m'en a su aucun gré. »

Ce fut tout. Nathanaël avait cru voir des larmes rouler sur ces joues creuses. Mais il ne faisait pas très clair dans la chambre. Il en voulait au vieillard de séparer ainsi l'ami de sa jeunesse du malade qui s'était débattu, suant, sous des couvertures. Ce n'était pas d'un grand cœur. Monsieur lui commanda de souffler la bougie.

Quelques mois passèrent. Quand vint l'automne, Mevrouw Clara dut faire passer par la voie hiérarchique, c'est-à-dire par Madame d'Ailly, une requête pour qu'on épargnât à Nathanaël les sorties par mauvais temps qui aggravaient sa toux. Pourtant, une fois, en novembre, il eut à se rendre par une pluie fine chez Élie pour récupérer certains des invendus de Belmonte que Monsieur avait rachetés. L'idée de revoir son ancien patron ne le gênait pas. Il se sentait fort loin de tout cela.

Il ne le revit pas, Élie étant ou se disant sorti. Les employés présents étaient tous nouveaux. En sortant de la cour, il aperçut, venant d'une ruelle latérale, Jan de Velde qui marchait en riant très haut avec un jeune homme. Tant mieux pour lui.

Le chemin de retour passait par la Kalverstraat. Dans un renfoncement se trouvaient de vieilles baraques de foire qu'on laissait là toute l'année. Quelques-unes étaient temporairement louées à des charlatans ambulants ou à des montreurs de spectacles. L'une d'elles était éclairée : on y exhibait pour un demi-florin un tigre apporté des Indes. Une petite queue s'était formée. Nathanaël était en fonds ce jour-là et n'avait jamais vu de tigre. L'envie lui vint de contempler ce bel animal féroce, mais guère, songea-t-il, plus carnivore que la race des hommes, et doué de beaux yeux où brûle une flamme verte. Un petit écriteau près de la porte lui causa un soubresaut : l'entrée était gratuite pour quiconque apportait un chien, ou tout autre animal en bonne santé dont on désirait se défaire. Justement, une bourgeoise entre deux âges, agréable encore dans sa robe brune et son col blanc, debout tout près de lui, tenait dans ses bras un petit épagneul, un chiot âgé de deux ou trois mois à peine. La femme sentit le regard du jeune homme posé sur elle avec reproche.

« Ma chienne a eu une portée. Nous avons casé la plupart des chiots. Mais celui-là, on ne sait qu'en faire. »

Nathanaël tira son demi-florin.

« Donnez-le-moi. »

Elle lui tendit la petite boule chaude. Renonçant à contempler le fauve en cage, il rentra chez lui, c'est-à-dire dans la petite chambre qu'il continuait d'occuper près de Mevrouw Clara. L'histoire du chiot apitoya tout le monde. La cuisinière se chargea de lui préparer ses pâtées ; Mevrouw Clara, peu satisfaite que la propreté de la petite chambre fût compromise par un chien non encore dressé, ne dit rien. Nathanaël peignit, brossa, lava la petite bête. Il ne se lassait pas à ses moments perdus de la sortir au jardin. Il pensait avec joie qu'il avait arraché ce petit corps tendre aux dents du tigre, tout en songeant qu'après tout, il est dans la nature d'un fauve de dévorer légitimement la chair vivante. N'importe, cette femme qui eût si aisément sacrifié une créature sans défense lui faisait horreur. Il lui semblait que toute la dureté du monde se condensait en elle.

Mevrouw Clara gronda pourtant quand elle le vit promener Sauvé (il l'appelait ainsi) sous les arbres des allées, tout dégouttant de pluie. Maintenant qu'il s'était attaché à cet innocent bout de vie, l'essentiel lui semblait d'assurer son sort, même si un jour sa santé l'obligeait à quitter la grande maison. Il mit Sauvé dans un panier et demanda par la camériste de Madame d'Ailly la faveur de se présenter chez Madame.

Il frappa. Madame était à son clavecin dans la chambre bleue. Elle savait déjà l'histoire du chien, et le flattait avec gentillesse quand elle le rencontrait au jardin. Nathanaël le lui offrit, en lui faisant remarquer combien Sauvé était devenu beau.

« Pourquoi me le donner ? Vous l'aimez.

— Je serai heureux qu'il soit à Madame. »

Elle sortit Sauvé de son panier et le prit sur ses genoux pour le caresser. Nathanaël le flattait aussi, timidement, faisant voir à Madame les longues oreilles, le flanc touffu et lisse, couleur d'acajou, contrastant avec les pattes blanches. Un instant, moins d'un instant, sa main par mégarde frôla le bras nu dans la manche en sabot. Madame ne broncha pas : peut-être n'avait-elle pas senti un attouchement si léger, mais qu'il prolongea une seconde de plus, pour ne pas paraître l'avoir lui-même trop consciemment perçu ; peut-être trouvait-elle l'incident trop négligeable pour s'en offusquer. Pour lui, le contact de cet épiderme délicat lui fit l'effet d'une douce brûlure. Nulle femme ne lui avait paru si tendre ou si pure.

Le chien le rapprocha d'elle. Quand le temps était beau, elle le faisait monter et le chargeait de sortir Sauvé.

Venu décembre, il fut repris par sa pleurésie. Il guérit vite, mais le Jour des Rois, comme on préparait un bon feu au salon pour y recevoir les enfants qui chantent à l'Étoile et qu'on régale de bière chaude, il prit sur soi de monter un panier de charbon et s'effondra crachant le sang. Mevrouw Clara le remit au lit avec des prescriptions sévères. Madame s'informait de lui. Deux ou trois fois, elle prit la peine de descendre pour lui apporter des pastilles ou du sirop pour la toux. Elle ne faisait qu'entrer et sortir, mais laissait derrière elle son odeur de verveine. Il avait honte qu'elle le vît couché ainsi, pas même rasé de frais, ébouriffé, avec son col maigre hors de sa chemise de toile blanche. Mais Madame d'Ailly venait par compassion, et, sans doute, ne remarquait pas ces détails.

Sitôt mieux, il recommença à vaquer par la maison. On ne le chargeait plus que de bricoles. Une vieille chambrière, nouvellement engagée, présidait avec Mevrouw Clara au coucher de Monsieur. Eu égard à son enrouement chronique, Monsieur ne lui demandait plus de lire à haute voix. Mais il avait sa place dans un coin du cabinet de l'ancien bourgmestre ; il époussetait ou essuyait les curiosités, taillait des plumes, rangeait des papiers dont Monsieur lui demandait parfois d'établir une liste, vu sa belle main. Monsieur, sans trop le montrer, tenait la toux de Nathanaël à distance. Les domestiques faisaient de même : le soir, on lui donnait à manger près du feu de la cuisine, assez loin de la grande table à laquelle s'asseyaient les gens, ce qui était à la fois une faveur et une précaution. Sentant qu'on le gardait par pitié, Nathanaël fût parti, s'il avait su où aller, mais il n'était pas assez malade pour être admis à l'hôpital.

Cette situation se dénoua très simplement. Un matin de mars, Monsieur lui demanda sans crier gare, à son habitude :

« Savez-vous tirer ? »

Nathanaël sursauta comme s'il avait entendu un coup de feu. La question était si imprévue qu'il hésitait à comprendre. Puis :

« J'ai fait l'exercice à bord de la *Téthys*. Mais je n'ai jamais été bon tireur.

— Tant mieux, somme toute », fit cryptiquement Monsieur Van Herzog.

L'explication vint bientôt. Monsieur possédait dans une île frisonne, dont au moins la moitié lui appartenait, une maisonnette qu'il avait longtemps utilisée dans la saison de la chasse. Il ne s'y rendait plus, mais son neveu, Monsieur Hendrick Van Herzog, y allait presque chaque année. Le dernier garde rassasié de solitude avait mis la clef sous la porte une année plus tôt. Le bon air marin fortifierait Nathanaël. Un paysan vivant sur la terre ferme le ravitaillerait chaque semaine comme il avait eu coutume de le faire du temps de l'ancien garde. Nathanaël aurait à tenir propres les quelques pièces pour l'arrivée du jeune Hendrick et à se faire voir de temps en temps, mousquet en main, sur l'unique débarcadère de la côte, pour faire peur aux inconnus auxquels il prendrait envie de braconner dans cette île pleine d'oiseaux.

«Et si par hasard c'étaient des naufragés? hasarda Nathanaël.

— Leur aspect vous le ferait connaître.»

Mieux valait, réitéra Monsieur, effrayer ces intrus sans tirer trop juste : mettre du plomb dans la tête d'un fils de fermier ou d'un notable frison causerait des histoires. Mais de telles importunités étaient rares, vu la distance en mer et le danger de s'échouer sur des bancs de sable, à moins de savoir par cœur la configuration des chenaux. L'hiver, elles cessaient complètement, les migrations saisonnières ayant dépeuplé l'île, et la tempête à elle seule défendant les côtes. Nathanaël reviendrait en octobre avec le jeune Hendrick et ses bourriches pleines de sauvagine.

L'idée de cette solitude fit battre le cœur à Nathanaël. Il se rappelait l'Île Perdue et la bonne odeur de plantes sauvages qui montait des landes. Qui sait s'il ne suffirait pas pour le guérir de ces quelques mois de grand calme? Après tout, il n'avait que vingt-sept ans. Aussitôt, il se souvint que Foy était bien plus jeune quand le même mal l'avait emportée, et que l'air marin ne l'en avait ni préservée, ni guérie. Mais Foy était une petite fille fragile. Une autre pensée, informulée celle-là, fût-ce au-dedans de soi-même, vint contredire cette envie de solitude : pendant des mois, il ne verrait pas Madame s'avancer sur les parquets polis, accompagnée de Sauvé ; il ne lui arriverait plus de rencontrer son sourire. Mais il eût rougi d'entretenir longtemps de pareils regrets : Madame comme tout le monde approuvait ce projet.

Elle eut même quelques conciliabules avec Mevrouw Clara, pour décider ce qu'il convenait de prévoir pour le nouveau garde en fait de hardes, de médicaments et de nourriture sèche, au cas où le pourvoyeur venu de la terre ferme ne paraîtrait pas au jour dit. On empila ces choses dans des sacs et des sacoches.

La veille du départ, Nathanaël fit ses adieux à Monsieur, qui condescendit à tendre sa main toujours un peu froide, et lui souhaita de prospérer et de bien se conduire. C'était sa formule habituelle dans ces occasions-là.

Il frappa ensuite à la porte de la chambre bleue. Madame ouvrit elle-même. Le petit chien sautait et jappait autour d'elle. Nathanaël s'agenouilla pour caresser Sauvé. Quand il se releva, elle lui dit :

« On en prendra bien soin. Vous le reverrez à l'automne. »

Ces paroles lui firent chaud au cœur, bien que la durée le séparant du retour ne lui eût jamais paru plus redoutable. Il se demanda si Madame elle aussi lui tendrait sa main, et si dans ce cas il oserait la baiser. Mais le baisemain n'est pas une politesse de laquais. Pendant qu'il se le disait, elle s'approcha et l'embrassa sur les lèvres d'un baiser si léger, si rapide et cependant si ferme qu'il recula d'un pas, comme devant la visitation d'un ange. Ils se tenaient sur le seuil de la porte. Madame lui dit adieu de son beau regard qui ne souriait pas et referma sur lui le battant.

Le lendemain, on chargea son bagage sur le bateau plat amarré au fond du jardin. Mevrouw Clara l'accompagna à l'embarcadère du coche d'eau. Des gens s'agitaient sur le quai et encombraient la passerelle, comme toujours au moment d'un départ. Nathanaël, appuyé au bastingage, fit des signes d'adieu à la charitable gouvernante qui se tenait un peu loin, bienveillante et froide à son ordinaire. De nouveau, cette grande femme aux cheveux tirés lui rappela la Mort, et, de nouveau, il se dit que cette fantaisie était absurde : la mort est en nous.

Il faisait beau, le Zuiderzee n'avait pas une ride. Il y avait sur le pont une grande cabine avec quelques tables et un comptoir où l'on servait des boissons, des viandes froides et des beignets. Nathanaël avait son manger, mais il alla s'étendre sur un des bancs placés le long de la paroi extérieure de cette buvette. Un de ses sacs lui servait d'oreiller. Le bruit du paquet de cordes jeté sur le quai et le grincement de la passerelle le réveillaient à chacune des petites stations; le tumulte d'Amsterdam se répétait en miniature. Des gens descendaient ou montaient. Une odeur de beignets sortait par la fenêtre ouverte de la cabine avec un bruit de voix.

Nathanaël se souleva pour voir ces gens qui riaient et parlaient si haut. C'étaient deux couples : deux femmes d'aspect vulgaire, vêtues richement et sans goût, dont on ne savait trop si elles étaient des marchandes à la toilette ou d'anciennes filles publiques fort à l'aise; l'un et l'autre sans doute. L'une d'elles, épaisse et courte, avait au doigt une large alliance d'or. Pour Nathanaël, toujours tenté de chercher des ressemblances entre l'animal et l'homme, les deux particuliers qui les accompagnaient étaient des pourceaux.

« La vieille n'a pas été inquiétée ?

— Penses-tu ! Si on pouvait mettre le grappin dessus, il y a longtemps qu'on l'aurait fait.

— Elle doit quand même regretter sa fille.

— Sa fille ? On ne l'a pas vue accoucher. Mais elle aura du mal à en retrouver une si belle et aux doigts si bien exercés.

— Si belle ? dit l'aigre voix d'une des deux femmes. Enfin, si tu veux : une belle Juive.

— Belle tout court, fit le plus gras des deux pourceaux. Et je l'ai vue de tout près. J'étais sous elle. »

Cet aveu fit glousser les femmes.

« N'importe : je suis diablement content d'avoir été à Nimègue le mardi du marché aux chevaux...

— Qu'est-ce que t'allais faire à Nimègue ? dit le pourceau plus maigre, d'une voix soupçonneuse. T'es pas maquignon.

— T'inquiète pas : c'est pas ton genre de travail. La place était si noire de monde que mon client et moi on est sorti du *Chien d'or* pour mieux voir. Ça valait la peine : mille thalers pris dans les chausses d'un capitaine hanovrien.

— Elle opérait seule ?

— Il paraît...

— Y a pas longtemps, à Amsterdam, elle avait un mari, un benêt quelconque, dit la femelle qui s'était tue jusque-là. Il a filé quand il a senti une odeur de chanvre. C'est une chose d'avoir une femme qui rapporte des sous, et une autre de risquer la corde.

— Quand elle est sortie, on aurait entendu voler une mouche, reprit le porc la bouche pleine. En montant l'échelle, elle chantait.

— Quoi, des hymnes ?

— Mais non, des chansons de musico. Et quand elle est arrivée en haut, elle a repoussé l'homme rouge, enfin, quoi, celui dont le nom porte guigne. Encore un peu, il dégringolait de l'échelle. Et elle a sauté d'un coup, toute seule. La corde lui a fait faire en l'air un ou deux tours de valse, et chacun sur la place a su qu'elle avait de belles jambes.

— Seulement des jambes?

— Dommage. Je n'ai pas vu plus. À cause des jupons.

— Sait-on où est le magot de Dormund?

— La Loubah sait... »

Et, se penchant vers son compère, il lui murmura quelque chose.

« Tu jases trop », fit la plus grosse des femelles avec mépris.

Nathanaël s'était soulevé sur le coude pour mieux entendre. Il reposa la tête sur sa sacoche. Après tout, Saraï était morte comme il s'y était toujours attendu. Quant à lui, il n'était qu'un benêt qui avait eu peur de la corde.

Quand ces gens furent descendus à Horn, il alla au bastingage et vomit. Des marins qui l'aperçurent se moquèrent de ce passager pris du mal de mer par un temps si calme.

À l'étape suivante, le paysan chargé de le conduire sur l'île vint le chercher avec une carriole. La route était longue jusqu'au hameau de la côte où le vieux avait son chez-lui. Le voyant plongé dans une stupeur dont il ne comprenait pas la raison, l'homme crachait de temps à autre et encourageait sa jument, mais n'adressait pas la parole au voyageur. La chaumine enfumée n'avait qu'un seul lit. Nathanaël s'étendit près du vieux ; la vieille femme, qui était maigre et acariâtre, coucha de l'autre côté, près du mur. Vers minuit, Nathanaël n'y pouvant tenir s'installa près de l'âtre éteint qui lui rappelait le feu de tourbe dans la maisonnette du Quai Vert. Ce feu-là avait teint de rose Saraï toute nue.

Mais c'était bien qu'elle eût chanté en montant l'échelle ; c'était bien aussi qu'elle eût sauté d'un bond, comme pour une danse. Il avait entendu dire que les cous des pendus s'allongent démesurément, étirés par le poids du corps, et que leur visage congestionné laissait pendre une langue toute noire. Mais ce visage-là était sous la terre. Il ne l'avait pas vue ainsi. Il se rappelait tout : les mensonges, les ruses, les mots grossiers, les silences insolents, la dureté sous la mollesse : sa mémoire, sinon son cœur, était sans pitié. Mais il y avait eu la belle voix grave qui chantait comme plus loin qu'elle-même, les chauds yeux sombres, la chair dont il avait connu chaque parcelle. Les jambes gigotant sur la tête des passants avaient naguère enserré ses genoux et ses cuisses ; elles avaient reposé tremblantes sur ses épaules. Tout cela comptait.

Vers l'aube, pris d'un criant regret, il se demanda si quelqu'un, sachant mieux s'y prendre, eût pu sauver Saraï. Il pensa que non. On ne l'aurait sauvée qu'en l'empêchant d'être elle-même. En tout cas, il n'était pas cet homme-là.

On embarqua très tôt. Par bon vent, la barque à voile carrée et à deux paires d'avirons mettait une demi-heure entre la terre ferme et l'île. Nathanaël se fatiguant à ramer, le vieux le mit au gouvernail. L'île était si plate qu'on ne la découvrait que de très près. En débarquant, Nathanaël s'aperçut que les dunes, le long de la côte, formaient pourtant des remparts et des fossés de sable. Entré dans une crique tranquille, le vieux sauta dans l'eau jusqu'aux genoux et lia son esquif au poteau d'une petite jetée vermoulue. Nathanaël dut peiner pour gravir la dune, traînant ses paquets attachés à une longue corde. Il avait ôté ses chaussures qui s'emplissaient de sable. La maisonnette était en contrebas ; le vieux batelier ouvrit la porte d'un coup de pied et l'assujettit au moyen d'une grosse bûche. Il s'accroupit pour allumer le feu, mais recommanda à Nathanaël d'être chiche de bois ; il n'y en avait pour ainsi dire pas dans l'île, sauf quelques planches rejetées par la mer. Les quelques rares plantations faites çà et là pour lier le sable étaient trop précieuses pour qu'on eût le droit d'y toucher. On se servait de tourbe, mais la tourbe aussi venait de la terre ferme.

Willem lui fit voir les trois pièces réservées aux maîtres, la cuisine, et un réduit y attenant qui servirait de chambre au nouveau venu. C'était petit, mais on s'y tenait d'autant plus au chaud.

Quand il fut seul, Nathanaël rangea soigneusement ses hardes, les provisions reçues du vieux, et celles que lui avaient données les femmes. Ensuite, il sortit regarder. L'effort et les soucis de l'arrivée lui avaient à peine laissé le temps de voir. Cette fois, il ne fut plus qu'yeux.

Les dunes formaient entre la maison et la mer, qu'on n'apercevait que par une échappée, des vagues monstrueuses, moulées, eût-on dit, sur les vagues véritables qui les avaient formées. Elles étaient stables, si quelque chose peut l'être ; on sentait pourtant qu'elles bougeaient invisiblement, diminuées ici et augmentées là. Une sorte d'embrun de sable courait et crissait sur elles, chassé par le même vent qui disperse l'embrun des vagues. Des touffes d'herbe isolées tremblaient doucement dans la forte brise. Non : ce n'était pas l'Île Perdue, qui avait été faite de rocs, de galets, de landes et d'arbres accrochés au roc par leurs racines comme par de grandes mains crispées aux veines saillantes. Ici, au contraire, tout était sinueux ou plat, meuble ou liquide, pâlement blond ou pâlement vert. Les nuages eux-mêmes ballottaient comme des voiles de barques. Il ne s'était jamais senti au cœur d'un tel frémissement.

Au bout d'un moment, il plia les jarrets

comme s'il allait tomber ou s'apprêtait à prier, et dix fois, vingt fois, à haute voix, cria le nom de Saraï. L'immense silence qui l'entourait ne lui renvoya pas même un écho. Alors, mais à voix basse, il répéta un autre nom. Ce fut la même chose.

Pendant les premiers jours écoulés par Nathanaël dans l'île, huit peut-être, à moins que ce ne fussent sept ou neuf (il ne comptait plus guère que par les quartiers de la lune qui mesuraient aussi les visites à peu près hebdomadaires de Willem), il fit loyalement ses heures de guet sur la vieille jetée ; les jours de grand vent, il apprit vite à se garder, à l'aide d'un foulard porté comme un masque, du perpétuel fouettement du sable. Des barques, grandes ou petites, tanguaient au loin, mais aucune ne faisait mine de s'approcher de l'île. Couché sur le ventre, la tête entre les mains, comme autrefois en mer au cours des repos accordés à l'équipage durant les longs calmes, son temps se passait à observer ou à rêver. Se rappelant les bibelots d'écaille, d'ivoire et de corail dans le cabinet de Monsieur Van Herzog, il admirait les incrustations de moules et de coquillages, bleus, nacrés ou roses, formant d'étranges dessins sur les étais du vieil échafaudage de bois rongé par les vers de mer. Ces babioles si prisées dans la grande maison semblaient un peu moins futiles, puisqu'elles se rapprochaient des formes que le temps, l'usure, et la lente action des éléments donnent aux choses. Il ramassa une fois une sorte de galette oblongue faite de sable durci et concrétisé, qu'une indentation pareille à l'empreinte d'un pouce faisait ressembler à la palette d'un peintre. La nature, comme l'homme, fabriquait de beaux objets inutiles. Pas une fois, durant ces fastidieuses factions, il ne vit trace de pas humains sur la grève, mais les oiseaux y laissaient leurs marques pareilles à des étoiles, et les lapins leurs empreintes elles-mêmes quasi bondissantes. Des sabots de chevaux creusaient parfois le sable ; une harde avait été lâchée à l'intérieur de l'île par un fermier de Monsieur Van Herzog qui avait au bout de quelques années abandonné la partie. Ces belles bêtes étaient trop farouches pour se laisser souvent voir en plein jour, mais parfois, à l'aube, on les apercevait léchant le sel des flaques laissées par la mer.

Au bout de quelque temps, Nathanaël laissa suspendu à son clou son inutile mousquet. Il se contentait d'observer la mer du sommet des dunes.

Quand le vent soufflait dur, il cherchait refuge dans les maigres plantations de pins qui dataient aussi du temps du fermier. Dans ces petits bois compacts, où les arbres serrés les uns contre les autres se gardaient mutuellement du vent, on ne risquait pas de se perdre comme dans une forêt : l'espace vide et nu était visible à l'autre bout des tunnels de branches. On était là abrité comme à l'intérieur d'une église. Tout d'abord, le silence semblait régner, mais ce silence, à bien l'écouter, était tissu de bruits graves et doux, si forts qu'ils rappelaient la rumeur des vagues, et profonds comme ceux des orgues de cathédrales ; on les recevait comme une sorte d'ample bénédiction. Chaque rameau, chaque branche, chaque tronc bougeait avec un bruit différent, qui allait du craquement au murmure et au soupir. En bas, le monde des mousses et des fougères était calme.

Mais le plus beau était les milliers d'oiseaux nichant dans l'île en ce temps de couvaisons. Les échassiers au bord des mares semblaient gelés au soleil levant ; rarement, à de longs intervalles, on les voyait avancer d'un pas précautionneux, déçus par leur proie fuyante. Nathanaël se sentait partagé entre la joie de l'oiseau happant enfin de quoi subsister et le supplice du poisson englouti vivant. Les oies sauvages formaient des nuées pareilles à des banderoles, puis s'abattaient pour paître dans une tempête de cris; les canards les précédaient ou les suivaient; les cygnes faisaient au ciel leur majestueux angle blanc. Nathanaël savait que rien de lui n'importait à ces âmes d'une autre espèce; elles ne lui rendaient pas amour pour amour; il eût pu les tuer, s'il avait senti en lui la moindre parcelle des instincts du chasseur, mais non les aider dans leur existence exposée aux éléments et à l'homme. Les lapins dans l'herbe courte des dunes n'étaient pas non plus des amis, mais des visiteurs sur leurs gardes, sortis de leurs terriers comme d'un autre monde. Caché sous un arbuste, il les vit une fois danser au clair de lune. Le matin, les vanneaux exécutaient dans le ciel leur vol nuptial, plus beau qu'aucune figure des ballets du roi de France. Au soir, l'échassier était encore là. Un jour où il était venu avec ses vivres, le vieux Willem disparut subitement derrière une dune, balançant au bout du bras un panier vide. Il était allé dénicher des œufs de vanneau pour la table de Monsieur Van Herzog, à qui on les enverrait par le prochain coche d'eau. Il en offrit à Nathanaël, qui n'en voulut pas.

En s'installant dans l'île, il s'était imaginé hors du monde. Il l'était, mais rien n'est si parfait qu'on avait cru. L'arrivée hebdomadaire de Willem le ramenait à ce qu'il avait supposé quitter. Le vieux apportait avec les vivres les bruits du village : une vache ou une jument mettant bas, l'incendie d'une meule, une femme battue ou un mari cocu, un enfant qui naît ou qui meurt, ou l'inexorable descente du collecteur d'impôts. On entendait même parfois parler d'une ville assiégée ou pillée en Allemagne.

Mais surtout, contrairement à ce que Nathanaël avait pensé, le vieux ne venait pas que pour lui. Une fois les rations déposées devant le pas de porte, Willem, un sac sur l'épaule, gagnait à une lieue de là l'ancienne ferme où n'habitaient plus que la veuve à demi impotente du fermier et sa fille valétudinaire, sujette à des crises qui la laissaient des jours entiers sur sa paillasse sans parler et sans manger. Ces femmes possédaient encore une vache, quelques poules, et un petit champ de légumes. Mais il était temps qu'on s'occupât d'elles. Un agent de Monsieur Van Herzog leur avait obtenu une place à l'asile de Horn à partir de la mi-été. On les y mènerait, s'il le fallait, de haute main.

En attendant, le vieux proposa à Nathanaël de l'accompagner chez ce qu'il appelait les folles. La lieue parut longue au jeune homme qui s'efforçait de cacher son souffle court et sa fatigue : il n'eût pas fait bon de paraître à Willem un quasi-infirme. Il s'offrit même pour accomplir certains petits travaux trop durs pour ces femmes, comme la réfection du toit bas de l'étable. Il leur achetait pour quelques sous une mesure de lait ou deux ou trois œufs ; elles s'amassaient ainsi un petit magot pour l'asile. Quand la fille quinquagénaire était dans ses mauvais jours, il trayait la vache. Il aimait cette tâche, qui ne lui était pas échue depuis l'Île Perdue. Le flanc de la bête était chaud et rugueux, roux comme au soleil une pente de montagne. Pour ces femmes, si attachées qu'elles fussent à leur vieille ferme qui croulait sur elles, l'asile signifierait un manger à heures fixes, un poêle qui tirerait bien l'hiver, des bavardages de commères, parfois l'église le dimanche et le samedi un bain à l'étuve. Pour la vache qui n'abondait plus en lait, ce changement au contraire ne signifiait que le banc du boucher.

Le jour de leur départ fut presque une fête. Plusieurs gars du village étaient venus avec Willem. La vieille geignarde fut transportée dans une chaise improvisée à l'aide d'un drap porté en bandoulière par deux des jeunes hommes. La folle suivait sans trop comprendre. La vache fermait le cortège. On emporta aussi, pour amadouer les femmes et les décider à partir, pas mal d'ustensiles de ménage inutiles. Nathanaël persuada le vieux de garder la vache jusqu'à la fin de l'automne.

Le départ de ses quasi-voisines le priva de lait, celui du vieux s'épuisant vite ou tournant à l'aigre, et d'œufs, quand le poulailler de Willem n'en fournissait pas. Mais là n'était pas l'important. Il y avait dans cette île deux présences humaines et une présence d'animal domestique de moins. La solitude avait grandi.

Mais l'île tout entière n'était pas vide d'êtres humains. Willem s'attarda un jour à parler d'un village d'une vingtaine de feux, à quelque neuf lieues au nord, dans la partie qui n'appartenait pas à Monsieur Van Herzog. Ces chaumières basses étaient tassées contre le vent autour d'un petit port rond comme un bouclier. Les gens d'Oudeschild, mi-pêcheurs, mi-fermiers, avaient un peu d'orge et quelque bétail. Willem leva le coude pour indiquer qu'ils avaient aussi de la boisson ; à de certains jours, bière et genièvre coulaient à flots. La communauté se débrouillait sans pasteur, et les filles du pays passaient pour ne pas dire non. Willem n'avait jamais visité les lieux en personne ; le trafic de ces gens-là avec la terre ferme se faisait plus loin, au nord-est du Zuiderzee.

Un jour d'août, Nathanaël vit venir de l'intérieur des terres deux robustes et joyeux gars montant à cru. Leurs chevaux provenaient de la harde abandonnée ; ils les avaient dressés tant bien que mal ; les cheveux et les crinières flottaient au vent. Demi-nus, blancs et blonds, plus rouges ou plus tannés aux endroits de leur corps que leurs habituels surcots de travail ne recouvraient pas, ils firent à Nathanaël l'effet d'une apparition : on eût dit que la vie, pour lui rendre visite, avait pris leur forme et celle de leurs montures. On fraternisa. Ils mirent pied à terre pour boire à même la bonde l'eau de source du tonnelet rempli chaque semaine par Willem, et où ne s'infiltrait pas un goût de mer. Ils proposèrent à Nathanaël de se rendre avec eux au village à l'autre bout de l'île : on le ramènerait demain ou après-demain.

De longue date, Nathanaël refusait les parties de plaisir, de crainte qu'une quinte de toux et un crachement de sang ne dérangeassent la fête ; il n'accompagnait pas aux foires les gens de Monsieur Van Herzog. Mais la gaieté des deux gars le tenta. Il monta en croupe le cheval de Markus. Lukas battait des talons les flancs du sien pour le faire galoper. Les chevaux allaient sans bruit sur le sable ou sur l'herbe basse. Il faisait bon étreindre le torse solide du cavalier tenant la bride et sentir contre soi cette chaleur et cette force. Même l'odeur de sueur qu'exhale un corps sain était bonne. L'arrivée de Nathanaël changea la nuit en kermesse : il y eut des bourrades, des embrassades et des beuveries ; on fit voler en l'air et on mangea des crêpes ; les grosses filles qui ne disaient pas

non, mais auxquelles Nathanaël ne donna pas
l'occasion de dire oui, dansèrent au son d'une
vielle, empoignées par les garçons; des vieux
assis sur un banc frappaient du talon le plancher de terre battue pour mieux marquer la
contredanse. Nathanaël tint sa place dans cette
réjouissance comme si la faiblesse, la fièvre et la
toux l'avaient miraculeusement quitté; insou-
cieux de l'avenir, ayant pour ainsi dire laissé
tomber dix années de passé, il était de nouveau, pour quelques heures, un marin de dix-
huit ans. Mais le lendemain, dans la soupente
où il couchait avec Markus, une quinte le prit;
il cacha son mouchoir taché de sang. Peu habitués à la maladie, les gars crurent à l'effet des
boissons de la veille. Six lieues de chevauchée
étaient hors de question; ils se firent un jeu
de le ramener en barque. On contourna longuement la côte la plus abritée de l'île, évitant
les bancs de sable; les camarades avaient en
remorque un petit tonneau de bière; Nathanaël refusait, mais la gaieté de ses compagnons
continuait à le griser. Les garçons le soutinrent
pour l'aider à gravir la dune qui protégeait sa
maison de la mer. On se sépara avec de grandes
promesses de revoyure. Nathanaël savait qu'on
ne se reverrait pas.

    Peu de jours plus tard, il apprit que Monsieur
Hendrick Van Herzog, appelé à Brême pour
affaires, ne viendrait pas cet automne.

Il avait craint certains aspects de cette visite. L'idée des gibecières pleines lui faisait horreur. Mais ce fut comme la tombée d'un lourd rideau l'isolant dans la solitude. Il s'était vu, valet du jeune Monsieur Hendrick, montant à sa suite sur le coche d'eau ; il ne s'y voyait pas montant seul. L'ancien bourgmestre, pourtant, avait pris la peine d'ajouter à son sec billet qu'il supposait Nathanaël guéri et prêt à reprendre son service en ville au début de novembre. Mais Nathanaël savait qu'il ne rentrerait pas en novembre.

Alors, le temps cessa d'exister. C'était comme si on avait effacé les chiffres d'un cadran, et le cadran lui-même pâlissait comme la lune au ciel en plein jour. Sans horloge (celle de la maisonnette ne fonctionnait plus), sans montre (il n'en avait jamais possédé), sans calendrier des bergers pendu au mur, le temps passait comme l'éclair ou durait toujours. Le soleil se levait, puis se couchait, à une place à peine autre que la veille, un peu plus tôt chaque soir, un peu plus tard chaque matin. L'aube et le crépuscule étaient les seuls événements qui comptaient. Entre eux, quelque chose coulait, qui n'était pas le temps, mais la vie. Les phases de la lune n'importaient plus, sauf que, quand elle était pleine, le sable la nuit brillait blanc. Il ne se souvenait plus bien des noms et des dessins des constellations, qu'il avait sus par cœur au temps où le pilote de la *Téthys* mettait le cap sur Aldébaran ou sur les Pléiades, mais peu importait :

c'étaient de toute façon d'incompréhensibles feux qui brûlaient au ciel. Des nuages ou des bancs de brume en cachaient presque toujours une partie ; ou bien elles reparaissaient comme des amies perdues. Avant que la maladie, en s'aggravant, lui enlevât peu à peu la force d'aimer passionnément grand-chose, il continuait d'aimer passionnément la nuit. Elle semblait ici illimitée, toute-puissante : la nuit sur la mer prolongeait de tous côtés la nuit sur l'île. Parfois, sorti de la maison, dans le noir, où l'on n'apercevait indistinctement que la masse molle des dunes, et, dans l'entrebâillement, le blanc moutonnement de la mer, il enlevait ses vêtements, et se laissait pénétrer par cette noirceur et ce vent presque tiède. Il n'était alors qu'une chose parmi les choses. Il n'aurait su dire pourquoi, ce contact de sa peau avec l'obscurité l'émouvait comme autrefois l'amour. À d'autres moments, le vide nocturne était terrible.

Le jour se subdivisait davantage. L'ombre des touffes d'herbe sur le sable était un cadran solaire. Il le regardait tourner. Ou bien, laissant fuir entre ses doigts le sol meuble, il faisait de sa main un sablier qui ne marquait ni les secondes, ni les minutes, ni les heures : il suffisait d'aplatir de la paume l'infime monticule pour effacer cette preuve qu'un certain temps avait passé. Pour ne pas perdre tout contact avec l'almanach des hommes, il cochait sur une solive à l'aide d'un couteau les jours qui le séparaient de chaque arrivée de Willem. Il suffisait d'un oubli d'un soir pour tout brouiller. Mais Willem était de moins en moins ponctuel, n'ayant plus que lui à pourvoir dans l'île. Quand la barque attendue tardait, une angoisse le prenait, sans rapport avec le quartier de fromage, le gros pain, les légumes déjà flétris par l'air de mer, ni même l'eau pure, pourtant si précieuse, qu'elle apportait pour lui. Il semblait qu'il eût besoin de voir le visage du vieux Willem pour s'assurer qu'il en avait un lui-même.

Une fois, pour se prouver qu'il possédait encore une voix et un langage, il prononça tout haut non plus un nom de femme, mais son propre nom. Le son lui fit peur. Le cri rauque de la mouette, la plainte du courlis contenaient un appel ou un avertissement compris par d'autres individus de la race ailée et emplumée ; ou tout au moins une assurance d'exister. Mais ce nom inutile semblait mort comme le seraient tous les mots de la langue quand personne ne la parlerait plus. Peut-être pour s'affirmer au sein d'un si vaste monde, aurait-il dû, comme les oiseaux, chanter. Mais, outre que sa voix enrouée se cassait vite, il savait avoir perdu à jamais l'envie de chanter.

Peu à peu, la peur, insidieuse d'abord, puis souvent fouettée jusqu'à la frénésie, s'installa en lui. Mais ce n'était pas, comme il l'avait cru, la peur de la solitude, mais celle de mourir, comme si la mort était devenue plus inéluctable depuis qu'il était seul. Il fallait quitter l'île au plus vite. Mais rentrer où ? La visite si désirée de Willem devenait un danger ; sa toux quasi continuelle, la fièvre qu'on sentait en effleurant sa main n'échapperaient pas au vieil homme ; on manigancerait quelque chose, comme on l'avait fait pour les deux femmes ; on lui trouverait, pour peu qu'il parût impossible à ramener dans la grande maison, un dernier asile dans la métairie enfumée de Willem ou à l'hospice de Horn. D'autre part, Willem avait sûrement hâte d'en finir avec ses traversées avant la mauvaise saison.

Son bon sens lui disait qu'on meurt toujours seul. Et il n'ignorait pas que les bêtes s'enfoncent dans la solitude pour mourir. Néanmoins, il lui semblait dans ses crises d'étouffements nocturnes qu'une présence humaine l'eût soutenu, même si ce n'eût été que celle de Tim et de Minne, qui ne seraient restés que pour le dépouiller, encore chaud, de ses défroques. Il resongeait au médecin de l'hôpital d'Amsterdam déclamant du latin au chevet des agonisants ; ce n'était pas cela qu'il voulait. Il se souvint de ses quelques veillées auprès du métis couché sur le pont à l'ombre d'un ballot d'étoffes ; cet homme l'avait de son mieux soutenu et choyé ; pourtant, l'odeur infecte et la vue de l'œil à demi sorti du creux de la paupière lui avaient donné la nausée ; il avait souhaité qu'il mourût tout en chassant jusqu'au bout les mouches posées sur sa plaie. Il n'avait pu offrir au jeune Jésuite qu'une gorgée d'eau ; il n'avait pu ni soulager ni rassurer Foy. Quant à Saraï, elle avait rendu le souffle sans qu'il eût rien ressenti, pas même un tressaillement, durant les derniers jours écoulés par lui dans la grande maison d'Amsterdam, peut-être même au moment où Madame d'Ailly l'embrassait. Au-dessus de la place noire de monde, elle était morte seule.

Il subsistait sans livres, n'ayant trouvé dans la maisonnette qu'une Bible qu'il brûla par poignées un jour où le poêle prenait mal. Mais il lui semblait maintenant que les livres qu'il lui était arrivé de lire (fallait-il juger d'après eux tous les livres ?) lui avaient fourni peu de chose, moins peut-être que l'enthousiasme ou la réflexion qu'il leur avait apportés ; il pensait en tout cas qu'il eût été mal de ne pas s'absorber exclusivement dans la lecture du monde qu'il avait, maintenant et pour si peu de temps, sous les yeux et qui, pour ainsi dire, lui était échu en lot. Lire des livres, comme lamper de l'eau-de-vie, eût été une manière de s'étourdir pour ne pas être là. Et d'ailleurs, qu'étaient les livres ? Il n'avait que trop travaillé, chez Élie, sur ces rangées de plombs enduits d'encre. Plus ses sensations corporelles devenaient pénibles, plus il lui semblait nécessaire, à force d'attention, d'essayer plutôt de suivre, sinon de comprendre, ce qui se faisait ou se défaisait en lui.

Une ou deux fois, comme il l'avait entendu conseiller en chaire par des gens à rabat et à longues manches noires, il tâcha d'évaluer de son mieux son propre passé. Il échoua. Tout d'abord, ce n'était pas particulièrement son passé, mais seulement des gens et des choses rencontrés en route ; il les revoyait, ou du moins quelques-uns d'entre eux ; il ne se voyait pas. Tout bien compté, il lui semblait que les hommes et les circonstances lui avaient fait plus de bien que de mal, qu'il avait joui, au fil des jours, plus qu'il n'avait souffert, mais sans doute de bonheurs dont bien des gens n'eussent pas voulu. Il avait connu des joies dont personne ne semblait tenir compte, comme de mâchonner un brin d'herbe. Il n'avait jamais été riche ni réputé ; il n'avait jamais souhaité être l'un ou l'autre. Il lui semblait aussi qu'il n'avait pas fait de mal, fût-ce seulement une pierre jetée à un oiseau, ou un mot cruel qui suppurerait dans la mémoire de quelqu'un. S'il en était ainsi, la chance y entrait pour quelque chose. Il aurait pu tuer le gros homme de Greenwich ; par pur hasard, il ne l'avait pas fait. Si Saraï lui avait proposé ouvertement d'aller vendre pour elle le produit d'un vol, il eût peut-être lâchement et passionnément dit oui.

Mais, d'abord, qui était cette personne qu'il désignait comme étant soi-même ? D'où sortait-elle ? Du gros charpentier jovial des chantiers de l'Amirauté, aimant priser le tabac et distribuer des gifles, et de sa puritaine épouse ? Que non : il avait seulement passé à travers eux. Il ne se sentait pas, comme tant de gens, homme par opposition aux bêtes et aux arbres ; plutôt frère des unes et lointain cousin des autres. Il ne se sentait pas non plus particulièrement mâle en présence du doux peuple des femelles ; il avait ardemment possédé certaines femmes, mais, hors du lit, ses soucis, ses besoins, ses servitudes à l'égard de la paie, de la maladie, des tâches quotidiennes qu'on accomplit pour vivre ne lui avaient pas paru si différents des leurs. Il avait, rarement, il est vrai, goûté la fraternité charnelle que lui apportaient d'autres hommes ; il ne s'était pas de ce fait senti moins homme. On faussait tout, se disait-il, en pensant si peu à la souplesse et aux ressources de l'être humain, si pareil à la plante qui cherche le soleil ou l'eau et se nourrit tant bien que mal des sols où le vent l'a semée. La coutume, plus que la nature, lui semblait marquer les différences que nous établissons entre les rangs, les habitudes et les savoirs acquis dès l'enfance, ou les diverses manières de prier ce qu'on appelle Dieu. Même les âges, les sexes, et jusqu'aux espèces, lui paraissaient plus proches qu'on ne croit les uns des autres : enfant ou vieillard, homme ou femme, animal ou bipède qui parle et travaille de ses mains, tous communiaient dans l'infortune et la douceur d'exister. Malgré la différence de couleur, il s'était bien entendu avec le métis ; malgré sa religion, que d'ailleurs elle ne pratiquait guère, Saraï avait été une femme comme une autre ; il y avait aussi des voleuses baptisées. En dépit du fossé qui sépare un domestique d'un bourgmestre, il avait eu de l'affection pour Monsieur Van Herzog, qui sans doute n'avait pour son valet qu'un coin de bienveillance ; en dépit des quelques connaissances acquises à l'école du magister et, plus tard, dans les livres feuilletés chez Élie, il n'avait pas l'impression d'en savoir davantage que Markus, ou que jadis le métis, qui était cuisinier. En dépit de sa soutane et de la France dont il sortait, le jeune Jésuite lui avait paru un frère.

Mais ce n'était pas à lui de formuler des opinions ; il ne pouvait, et encore, parler que pour soi seul. À mesure que son délabrement charnel augmentait, comme celui d'une habitation de terre battue ou d'argile délitée par l'eau, on ne sait quoi de fort et de clair lui semblait luire davantage au sommet de lui-même, comme une bougie dans la plus haute chambre de la maison menacée. Il supposait que cette chandelle s'éteindrait sous la masure effondrée ; il n'en était pas sûr. On verrait bien, ou au contraire on ne verrait pas. Il optait pourtant de préférence pour l'obscurité totale, qui lui semblait la solution la plus désirable : personne n'avait besoin d'un Nathanaël immortel. Ou peut-être la petite flamme claire continuerait à brûler, ou à se rallumer, dans d'autres corps de cire, sans même le savoir, ou se soucier d'avoir déjà eu un nom. En vérité, il doutait même que son esprit, ou ce que le jeune Jésuite eût appelé son âme, fût autre chose que posé sur lui. Mais il n'allait pas, comme Léo Belmonte, s'inquiéter jusqu'au bout d'on ne sait quel axe ou quel trou qui était Dieu ou bien Soi-même. Il y avait autour de lui la mer, la brume, le soleil et la pluie, les bêtes de l'air, de l'eau et de la lande ; il vivait et mourrait comme ces bêtes le font. Cela suffisait. Personne ne se souviendrait de lui pas plus qu'on ne se souvenait des bestioles de l'autre été.

Maniaquement, il continuait à tenir en ordre les trois pièces destinées aux maîtres, comme s'il n'était pas décidé que Monsieur Hendrick ne viendrait pas. Une obsession de propreté l'avait pris : puiser l'eau saumâtre pour sa chiche vaisselle et sa maigre lessive usait promptement ses forces. Le feu était une bête avide qu'il fallait sans cesse nourrir de copeaux ou de mottes de tourbe. Il finissait par s'alimenter de bouillie d'orge refroidie, de fromage blanc et de pain. Ses boyaux ne retenaient plus les aliments; il dut à plusieurs reprises se lever en hâte et gagner la porte; la traînée d'excréments liquides laissée sur le seuil lui fit horreur; au matin, toutefois, ce n'était plus que quelques taches noirâtres sur lesquelles il repoussa du pied un peu de sable.

Le pire était cette toux clapotante, comme s'il portait en soi on ne sait quel marécage où il s'enlisait. Chaque nuit, roulé dans l'une des belles couvertures de Monsieur Van Herzog, qui mieux qu'un drap séchait les suées de la fièvre, il pensait qu'il n'atteindrait pas le matin. C'était tout simple : combien de bêtes des bois cette nuit-là ne reverraient pas l'aube ? Une immense pitié le prenait pour les créatures, chacune séparée de toutes les autres, pour qui vivre et mourir est presque également difficile. Au point du jour, l'air frais, mais doux, qui soufflait de l'océan lui apportait une sorte de trêve. Pour un moment, son corps, bien lavé, lui semblait intact, même beau, participant de toutes ses fibres au bonheur du matin.

Chose étrange, son délabrement, jamais mieux ressenti qu'aux heures de la nuit, n'avait pas tué les besoins de l'amour. Car c'était bien de l'amour, puisque l'objet possédé comme en songe avait chaque fois le même visage. Il avait bu avec gratitude, presque avec respect, les tisanes faites du borage et de la guimauve que Madame d'Ailly lui avait envoyés dans un gros sac de toile. Il ne pensait à elle qu'avec révérence. Mais la nuit, couché nu dans son linceul de laine brune, il accomplissait avidement avec elle les gestes faits autrefois avec Foy, avec Saraï, avec quelques autres ; il se figurait ce corps dans les attitudes qu'avaient ses autres amantes, mais plus doux encore dans le complet abandon. Ces souvenirs ainsi modifiés le regrisaient. Ce n'était pas un viol, puisqu'il l'imaginait fait avec tendresse et reçu avec douceur. C'était pourtant un abus dont il avait honte... Madeleine d'Ailly... Il avait aimé autrefois murmurer ce nom, mais aucun nom n'était plus nécessaire, depuis qu'elle représentait pour lui toutes les femmes. Et, certes, Madame d'Ailly n'avait jamais rien fait, dit, ou sous-entendu, qui lui permît d'user ainsi d'elle. Puis, il songeait que chaque créature humaine entre sans le savoir dans les rêves amoureux de ceux qui la croisent ou l'entourent, et qu'en dépit, d'une part, de l'obscurité ou de la pénurie, de l'âge ou de la laideur de celui qui désire, de l'autre, de la timidité ou de la pudeur de l'objet convoité, ou de ses propres désirs s'adressant peut-être à quelqu'un d'autre, chacun de nous est de la sorte ouvert et donné à tous. Même morte, il aurait encore pu jouir d'elle en songe. Mais elle vivait, et cette idée lui faisait souhaiter persévérer un peu dans la vie.

Cela passa, et ne revint que par bouffées. Les tempêtes de l'équinoxe arrivèrent à peu près au moment prédit; leur souffle balaya tout. Willem avait prévenu Nathanaël qu'il ne se risquerait pas dans l'île avant qu'elles eussent pris fin; c'était une privation ou un répit d'une semaine, ou peut-être deux. Il n'était plus question d'allumer le feu; la fumée rabattue par la cheminée basse eût rempli la chambre. Mais il ne faisait pas froid. Une atmosphère de fête sauvage régnait. Les vagues béantes se creusaient, toutes mousseuses d'écume, pénétrées par d'autres vagues, mais cette eau inerte n'était en réalité que labourée par le vent. Elle seule et les rares herbes couchées tremblantes au ras des dunes signalaient la ruée du maître invisible, qui ne laisse déceler sa présence que par la violence qu'il fait subir aux choses. Invisible, il était aussi silencieux : les vagues, de nouveau, lui servaient de truchement; leur tonnerre frappant lourdement la terre molle, leur bruit de chevaux échappés venaient de lui. Tout le reste était sans voix; les plantations d'arbres étaient trop loin pour qu'on entendît les branches et les troncs grincer et crier.

Pendant quelques jours, Nathanaël ne sortit pas ; à peine s'il passa de temps à autre par la porte sa tête aussitôt flagellée par des cinglées de sable. Il se disait qu'une vague de plus, un souffle de plus, et non seulement la tremblante chaumière s'effondrerait sur lui, mais encore l'île tout entière disparaîtrait, ne serait plus sous la mer refermée qu'un de ces bancs de sable ou une de ces épaves dangereuses aux navires vivants. Mais, à chaque équinoxe d'automne, de mémoire d'homme, les marées avaient monté, puis descendu ; l'immense furie s'était calmée, et aux tempêtes d'hiver avaient succédé de même des répits, suivis à leur tour par les marées de printemps. Cette masse de sable issue des eaux s'y abîmerait un jour, mais l'heure, le jour et l'année en étaient incertains, comme ceux d'une mort d'homme.

Pour le moment, les oiseaux faisaient assez confiance à l'île pour y prendre asile. À travers les carreaux sans cesse brouillés par le sable, Nathanaël les regardait s'assembler par milliers dans un creux des dunes, tous sachant qu'il fallait à la fois endurer la tempête et lui faire face, ménager leurs forces, et tourner la tête du côté du vent pour que son grand souffle ne rebroussât pas leurs plumages, muets et en bon ordre comme une armée encerclée. Quand la bourrasque se fut assez calmée, pour qu'il pût au moins essayer de sortir,

Nathanaël se traîna à plat ventre plutôt qu'il ne marcha du côté de l'aire des oiseaux. La plupart avaient déjà repris le ciel, planant très haut, paraissant se plaire à cette voltige qui consiste à se laisser porter par le vent ou bousculer par lui. Les rauques mouettes pêchaient déjà, plongeaient le bec dans cette soupe épaisse et boueuse, toute chargée de déchets aux endroits où la vague avait raclé les bas-fonds. Des sarcelles menues et tranquilles montaient sans peine sur le dos des grandes houles, puis redescendaient dans leurs creux. Quelques groupes plus timides restaient en place, silencieux. Nathanaël rampant sur le sable ne les inquiétait pas. Sur l'extrême bord du goulet qui leur avait servi de refuge, il aperçut une grise mouette aux ailes battantes. Point tout à fait adulte, à en croire son plumage, mais morte. Les ailes inertes n'obéissaient plus à une volition venue de la tête ou de la poitrine emplumée, mais cédaient passivement à l'immense volonté du vent. Nathanaël la retourna du bout de son bâton. Cette chose n'était plus que la forme d'un oiseau : cette vie qui avait été n'était plus. La nuit, dans son abri, où il avait allumé une chandelle pour se sentir moins seul, soulevé sur le coude durant une de ses quintes de toux, il regardait vaguement sur la vitre qui ne tremblait plus dans son cadre une mouche moribonde, mais trompée par ce peu de chaleur et de lumière, bourdonner contre le verre infranchissable.

Le lendemain, le vent était tombé, tout sembla merveilleusement calme. Bien avant l'aube, il endossa sa chemise, enfila sa culotte et sa veste, mit ses chaussures avec ce halètement que lui causait toujours l'acte de se baisser. Il ferma soigneusement derrière lui la porte pour l'empêcher de battre. Le noir du ciel tournait au gris, indiquant qu'on allait vers le matin.

Il se dirigea vers l'intérieur de l'île. Il connaissait assez bien les faibles pistes qu'il avait lui-même tracées pour se diriger dans ce demi-jour vers son coin favori ; il fallait compter, dans son présent état de faiblesse, une demi-heure de marche. Il s'arrêtait de temps en temps pour regarder autour de soi. La tempête qui avait bouleversé les côtes avait à peine touché l'intérieur des terres, sauf peut-être du côté des plantations, où il devait y avoir des arbres déracinés. Nathanaël espérait que ces vigoureux jeunes frères, serrés les uns contre les autres se seraient mutuellement protégés. Mais, de ce côté-ci, on ne trouvait que l'herbe rase et les plantes très basses, traînant sur le sol, sous lesquelles transparaissait le sable. Il dut traverser pour se rendre là où il voulait un petit chenal naturel creusé par les pluies et qui sans doute, plus loin, regagnait la mer. Mais ce petit ruisseau n'était pas profond. Il savait, mais sans se sentir obligé de se le dire, qu'il faisait en ce moment ce que font les animaux malades ou blessés : il cherchait un asile où finir seul, comme si la maisonnette de Monsieur Van Herzog n'était pas tout à fait la solitude. À chaque pas qu'il faisait, il songeait qu'il pourrait encore rebrousser chemin et aller manger dans son réduit sa bouillie du soir. Mais à chaque pas aussi, la fatigue et le manque de souffle eussent rendu ce retour plus difficile. Il fût tombé, et il aurait eu du mal à se relever ; il lui arrivait déjà de le faire.

Enfin, il parvint dans le creux qu'il cherchait ; des arbousiers y poussaient çà et là, refuges des oiseaux et au printemps des nids. Il fit en approchant lever deux faisans qui s'envolèrent dans un énorme et soudain bruit d'ailes. Il y avait même, à l'entrée de ce vallonnement imperceptible, deux ou trois petits sapins rabougris à peu près de taille humaine, où des pies avaient niché. Nathanaël enfonça les doigts dans ces espèces de sacs vides qui avaient récemment contenu de la vie.

Entre-temps, le ciel tout entier était devenu rose, non seulement à l'orient, comme il s'y attendait, mais de toutes parts, les nuages bas reflétant l'aurore. On ne s'orientait pas bien : tout semblait orient. Debout au fond de ce creux aux rebords doucement inclinés, il apercevait de tous côtés les dunes moutonnant vers la mer. Mais le grand bruit des vagues ne s'entendait plus à cette distance. On était bien là. Il se coucha précautionneusement sur l'herbe courte, près d'un bosquet d'arbousiers qui le protégeait d'un reste de vent. Il pourrait dormir un peu avant de rentrer, si le cœur lui disait de le faire. Il songea pourtant que si, par hasard, il mourait ainsi, il échapperait à toutes les formalités humaines : personne ne l'irait chercher là où il était ; le vieux Willem ne s'aviserait certainement pas qu'il eût désiré s'aventurer si loin. Ce qu'on retrouverait au printemps quand les braconniers dénicheurs d'œufs viendraient ne vaudrait pas la peine d'être mis en terre.

Soudain, il entendit un bêlement : ce n'était pas surprenant ; quelques moutons redevenus sauvages habitaient au cœur de l'île ; ceux-là avaient trouvé comme lui un abri sûr.

L'heure du ciel rose était passée ; couché sur le dos, il regardait les gros nuages se faire et se défaire là-haut. Puis, brusquement, sa toux le reprit. Il tenta de ne pas tousser, ne trouvant plus utile de dégager sa poitrine prise. Il avait mal au-dedans des côtes. Il se souleva un peu, pour obtenir quelque soulagement ; un liquide chaud bien connu lui emplit la bouche ; il cracha faiblement et vit le mince filet écumeux disparaître entre les brins d'herbe qui cachaient le sable. Il étouffait un peu, à peine plus qu'il ne faisait d'habitude. Il reposa la tête sur un bourrelet herbu et se cala comme pour dormir.

Automne 1978
Été 1981

Une belle matinée

Pour Johan Polak.

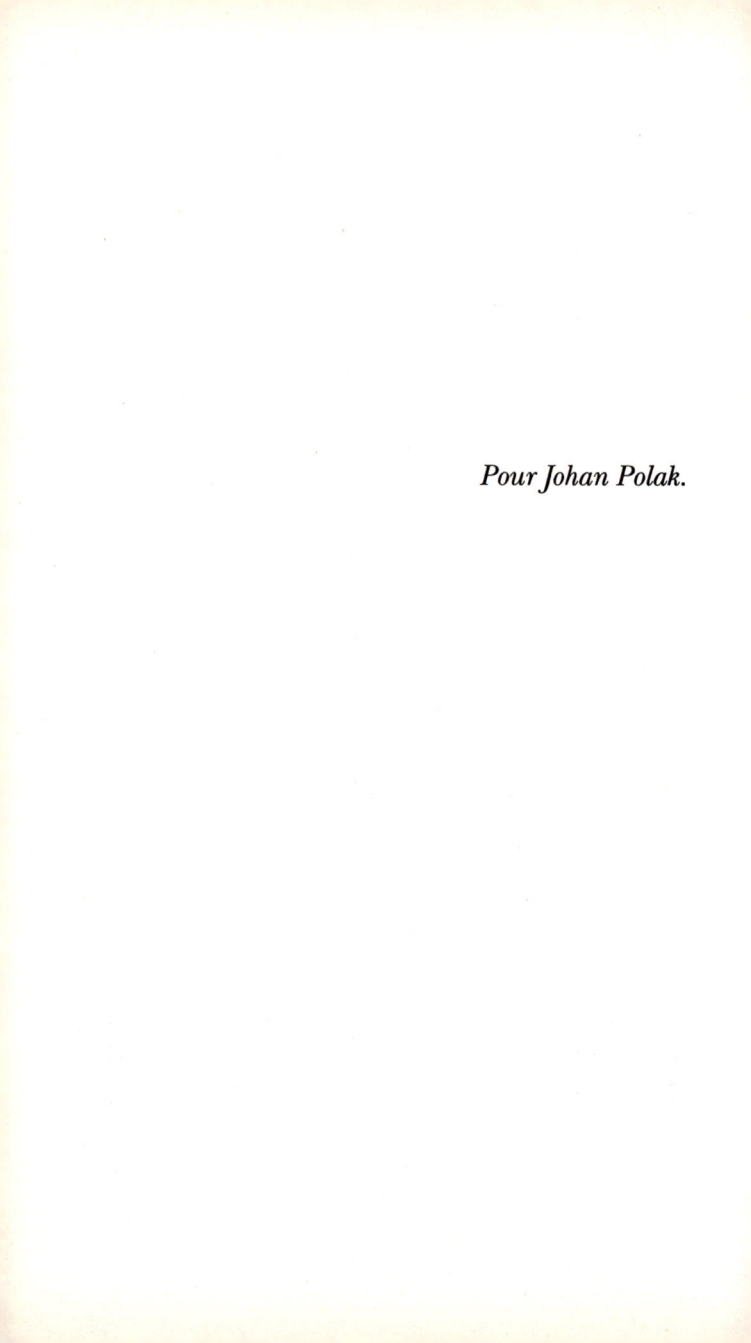

«Alors, tu les as vus?

— J'ai fait plus que les voir. Je leur ai causé. Tu peux garder un secret? Je pars.

— Tu pars où?

— Au Danemark. Il paraît que c'est dans le nord et qu'on y traite bien les acteurs.

— Ils t'ont engagé?

— Tu sais bien qu'il leur manquait quelqu'un depuis que leur jeune première s'était fait casser la tête à *L'Ours Brun*.

— La Loubah sait?

— Non, c'est mieux pas. Mais elle en trouvera bien un autre pour monter des pots de bière et des cafés aux clients.

— Et c'est demain qu'ils partent?

— Oui. De bonne heure. Te tourmente pas, Klem. On repassera par ici en revenant du Danemark. À propos, je te dois trois sous pour le dernier pari qu'on a fait.

— Oh, tu sais… »
Ils s'embrassèrent.

Depuis déjà douze ans qu'il était sur cette grosse boule qui tourne, le petit avait beaucoup tournaillé lui aussi, mais seulement dans les rues et les venelles d'Amsterdam. Le soir, bien mis, en petit valet, il ouvrait la porte aux clients de la Loubah en saluant plus bas que terre ; de temps à autre, quand plusieurs coups de sonnette furieux retentissaient, on l'envoyait porter à boire ou du tabac dont ils avaient besoin aux visiteurs qui méritaient des petits soins. Mevrouw Loubah d'ailleurs n'en recevait pas d'autres.

Les Messieurs appuyés sur l'oreiller avec une des deux nièces, ou une troisième, qui était noire, ne faisaient pas attention au petit ébouriffé ; on lui disait distraitement de fouiller dans la poche d'une veste étalée sur une chaise pour y trouver une piécette. Une ou deux fois pourtant, Lazare reçut ainsi une pièce d'or, ce qui l'embarrassa, car il ne savait où la changer sans se faire accuser de l'avoir volée. La Noire, enfin, avec de grands éclats de rire, la changea pour lui. Les nièces étaient gentilles, mais elles se levaient très tard ; on n'en finissait pas de faire leurs lits, de laver et de repasser leurs manchettes et leurs cornettes ou de faire briller leurs chaussures. La perruquière, qui venait chaque jour les friser, permettait au petit de chauffer les fers et de les refroidir de son souffle quand il le fallait, mais l'odeur des cheveux roussis le dégoûtait.

Le plus beau de beaucoup, c'étaient les occasions où on l'appelait pour donner un coup de main à l'auberge. La Loubah, qui n'était pas méchante, et qui tenait à rester bien avec les voisins, ne l'empêchait jamais d'y aller, et ne prenait même pas de pourcentage sur les pourboires. Quant à l'école, on s'arrangeait. Il devenait d'ailleurs un peu trop vieux pour l'école.

L'auberge était un monde. Il y avait de tout. De gros fermiers qui venaient pour une des grandes foires, des marins de partout, des Français qui étaient toujours inquiets et sans le sou, et se disaient hommes de lettres, mais Lazare ne savait pas ce que signifiait ce mot étranger et le patron tout bas les traitait d'espions, des domestiques des ambassades que Leurs Excellences n'avaient pas pour le moment la place de loger, des dames avec des officiers (sa mère avait dû ressembler à une de ces dames-là). Le paquet d'Angleterre amenait presque toujours des clients. Et c'est alors qu'on l'appréciait, lui, le petit Lazare de chez la Loubah, pas seulement pour porter des plats ou tenir des chevaux dans la cour, mais pour s'expliquer avec ces personnes en anglais. On parlait beaucoup anglais chez Loubah ; il avait appris jeune. Même la Noire qui venait de la Jamaïque baragouinait dans cette langue-là. Il y avait eu aussi pour Lazare ce grand moment où Loubah l'avait emmené à Londres pour quelques semaines, avec son meilleur col garni de dentelle, et dans ses poches des billes qui brillaient. Mais il se souvenait surtout du mal de mer.

Ces jours-ci, ç'avait été toute une bande d'Anglais. On n'avait pas su tout de suite s'ils étaient riches ou pauvres ; ils avaient avec eux toute une masse de colis mal faits. Et leurs malles étaient vieilles et fermées comme ci comme ça avec des cordes. Il y en avait de bien mis, mais le linge était un peu déchiré, ou avait des reprises, et d'autres, débraillés, portaient des habits élimés ou sales, mais parfois sous leur veste une belle écharpe à sequins qui était une écharpe de femme, ou au doigt un gros diamant que Mevrouw Loubah eût immédiatement déclaré faux.

Lazare avait reconnu tout de suite des acteurs. Il s'y connaissait. Il avait vu une ou deux pièces à Londres, et ici même, à Amsterdam, on donnait de temps en temps des représentations sur des tréteaux dressés à un carrefour ou dans des remises d'auberge. Seulement, ces acteurs-là, qui ne savaient faire que l'acrobate ou le pitre, c'étaient des pas-grand-chose. Ceux-ci, au contraire, pour la plupart (ils étaient bien dix-huit ou vingt), avaient des manières presque aussi bonnes que celles de Mevrouw Loubah, ou d'Herbert Mortimer que Lazare, apprivoisé par tant de gentillesse, considérait comme son bon ami.

Herbert Mortimer était rentré à Londres vers le temps de Noël, mais Lazare ne l'avait pas encore oublié. Il avait belle mine, bien qu'il ne fût qu'un vieux monsieur tout cassé, tout blanc et très doux. Il avait de longues mains soignées qui semblaient caresser sans cesse le pommeau de sa canne. Mais il se plaisait aussi à tapoter la tête de l'enfant et à ouvrir pour lui le beau pommeau ciselé pour lui donner des dragées, qu'ils aimaient beaucoup tous les deux. Lui et Mevrouw Loubah, ils étaient comme qui dirait vieux amis. Quand il était arrivé chez elle, deux ou trois années plus tôt, il avait avec lui quelques hardes de bonne qualité et une grande caisse pleine de brochures et de livres. Il avait aussi un petit singe gros comme le poing, mais le petit singe était mort. Loubah avait logé Herbert dans la chambre tout en haut où l'on mettait des gens qui n'aimaient pas être dérangés. Il n'en descendait guère ; l'enfant, qui lui apportait à manger, pensait que c'était peut-être à cause des escaliers, ou parce qu'il avait peur. Personne ne faisait une aussi grande consommation de bougies (il méprisait les chandelles), mais, contrairement à son habitude, Loubah ne se fâchait pas. Lazare pensait que, pour être aussi prévenants l'un envers l'autre, ils avaient dû se réveiller souvent, comme font ceux qui s'aiment, la tête sur le même oreiller, mais il devait y avoir bien longtemps de cela, car la Loubah, en dépit de son rouge, de sa céruse et de son henné, n'était plus jeune du tout, et lui, Herbert, il ne se cachait pas d'être vieux. Il avait bien sûr au moins soixante ans. Mais, sur un point au moins, il différait des autres vieux : il avait le cœur sur la main. Il partageait avec le petit les tasses de chocolat et les biscottes qu'on lui faisait monter.

Le soir, tard, en rentrant dans sa mansarde, Lazare voyait un filet de lumière sous la porte d'Herbert et l'entendait se parler à lui-même. Ou plutôt, on eût dit qu'il parlait à des gens, qui lui répondaient, mais Lazare était sûr qu'il n'y avait personne. À moins qu'il ne parlât à des fantômes, ce qui eût été effrayant, mais Lazare regarda un jour par le trou de la serrure et ne vit pas de fantômes. Le plus étrange est que la voix du vieux monsieur changeait sans cesse : tantôt, c'était une belle voix d'homme qu'on eût supposé tout jeune, une de ces voix qui font penser à des lèvres pleines et à de belles dents. D'autres fois, c'était une voix de jeune fille, très douce, qui riait et babillait comme une source. Et il y avait aussi plusieurs voix de rustres dont on aurait dit qu'elles se querellaient entre elles. Mais le plus beau, c'est quand il parlait d'une voix majestueuse et si lente que c'était certainement celle d'un évêque ou d'un roi.

Une nuit, le petit gratta à la porte. Le vieux vint ouvrir avec bienveillance, un livre à la main.

« C'est toi ? Il y a déjà longtemps que je t'entends souffler sous la porte comme un chien. »

Lazare aboya tout bas, s'assit par terre, et posa la patte sur le genou de Mister Herbert, pour entrer dans son rôle canin. L'autre lui flatta la tête et se remit à lire à mi-voix, mais il semblait au petit qu'il lisait mieux que jamais depuis qu'il se savait écouté et regardé par quelqu'un. À partir de cette soirée-là, ils ne se quittèrent plus. Lazare était devenu son enfant, son épagneul, son public. Il devint aussi bientôt son élève. Une nuit, le vieux lui dit en poussant vers lui des feuilles déchirées :

« Tu sais lire. Donne-moi la réplique ; ce sera plus gai. »

Ce fut plus gai, en effet, car ils riaient beaucoup tous les deux, quand Lazare se trompait, ce qui arrivait souvent. Il ne savait pas si bien que cela lire la lettre imprimée.

Ils mangeaient maintenant presque toujours ensemble, et le repas se passait souvent à prétendre que le couteau était une dague qu'on enfonçait dans les côtes de quelqu'un, et la fourchette une fleur qu'on offrait à une dame, ou, selon les cas, un sceptre. Deux ou trois fois, invité par Loubah, Mister Herbert avait consenti à descendre dîner avec son hôtesse, mais les nièces de celle-ci et leurs convives attitrés l'ennuyaient, et le petit se rendait compte qu'Herbert mettait la plupart de ces gens mal à l'aise par ses belles manières de table et ses propos trop polis, car, il n'y avait pas à dire, les hôtes de Loubah étaient souvent grossiers, quoique riches, ou bien au contraire roides et sur leurs gardes. Mevrouw Loubah, elle, si bien apprise, et toute menue dans ses dentelles, avait l'habitude de leurs gros rires, de leurs hoquets, de leurs crachats lancés dans le poêle. Et puis, Mister Herbert, qui parlait si éloquemment l'anglais des rois et des reines, ne se débrouillait pas dans la langue du pays. On se gaussait de lui, ce qui l'agaçait. Le petit ne se faisait pas scrupule de rire de ses bévues, lui aussi, mais seulement en tête à tête.

Un jour, peu avant Noël, comme Mister Herbert se trouvait dans le petit parloir douillet de Loubah, l'enfant l'entendit qui disait :

« Un tel élan, une telle oreille pour les cadences... Je me revois tel que j'étais à douze ans, et en même temps je ne sais quoi que je n'étais pas, un follet, un ondin, Ariel...

— Ariel ? répéta interrogativement Mevrouw Loubah.

— Peu importe, reprit l'autre avec impatience. C'est une honte de laisser ce beau terrain en jachère... Dirigé par moi...

— Votre métier, mon cher, est de ceux dans lesquels on commence et on finit par crever de faim.

— Entre-temps, il y a quelques beaux moments, fit Herbert, rêveur. Remuer une salle, émouvoir des gens qu'un homme assassiné en leur présence dans la rue n'émouvrait pas... Et puis, la cour... Et certaine façon de saluer sans obséquiosité Leurs Majestés, quand on est soi-même habitué à être roi ou prince... Un métier où l'on se frotte aux grands de ce monde. Un peu comme le vôtre, si j'ose dire.

— On ne m'a du moins jamais chargée de dépêches dangereuses qui mènent en prison leur porteur. Vous l'avez échappé belle...

— Grâce à vous, ma toute charmante. Et vos agréments seuls vous ont évité la même route...

— Oh ! fit-elle, ce ne sont jamais les billevesées politiques qui m'ont compromise. Du vent, mon cher. Je suis en tout pour le solide.

— Pour le solide et pour l'exquis, fit-il galamment. Mais ce petit...

— Non, dit-elle. Si jamais je le renvoie là-bas, ce sera avec un protecteur plus riche en espèces.

Toujours le solide, comprenez-vous ? Faites-en votre deuil. »

Et, se levant, elle fit un geste qui surprit l'enfant : elle baisa son vieil ami sur les lèvres. Il lui rendit longuement la pareille. Était-il possible qu'on s'embrassât encore à cet âge ? Le petit crut entendre Mevrouw Loubah dire en riant à Mister Herbert qu'un morveux de douze ans n'est pas une rivale.

Mais, peu de semaines plus tard, Herbert montra avec satisfaction le sauf-conduit muni de nombreux cachets qu'il attendait de longue date. Le ciel politique pour lui s'était éclairci.

« Je vous conseille de rester sur place, dit la Loubah avec prudence. Le théâtre là-bas branle dans le manche du fait des Têtes Rondes. Vous risquez de mettre le pied dans un vrai drame. »

Mais rien n'y fit. Quelques jours plus tard, le vieil homme reprenait le paquet de Londres, où Burbage lui proposait un beau rôle. Les adieux entre lui et Mevrouw Loubah furent affectueux, mais courts, comme ceux de gens qui se sont souvent quittés et retrouvés. Il embrassa plus tendrement l'enfant, du moins à ce qu'il semblait à celui-ci, qui crut voir les yeux de son vieil ami s'humecter. « Quelle Juliette, murmura-t-il d'une voix presque tremblante, quelle Juliette ! » Comme il craignait les importunités de la Douane qui farfouillerait dans son bagage, il laissa chez Loubah une bonne partie de ses livres et de ses brochures.

L'enfant s'en empara, mais, comme Mevrouw Loubah n'eût pas été pour lui si généreuse en bougies, il se munit de bouts de chandelle volés. La nuit, dans la mansarde, il imitait de son mieux les intonations et les gestes de son vieil ami.

Les comédiens descendus à l'auberge ne pouvaient prétendre à la belle prestance d'Herbert, qui avait, à l'en croire, joué souvent chez le roi Jacques. Mais ils avaient quelques sous en poche. On savait qu'ils partaient en tournée dans le Hanovre (l'Électrice était anglaise), en Danemark, et, pour finir, en Norvège, mais se préparaient d'abord à présenter une comédie au cours d'une fête champêtre que donnait dans son parc, à quelques lieues de là, un seigneur bon vivant et prodigue, Monsieur de Bréderode, fort estimé des patrons de l'auberge. La considération qu'on avait pour lui rejaillissait sur les baladins. Néanmoins, un acteur n'est guère plus qu'une tête de bétail, et on ne leur avait alloué qu'une grande pièce dans les communs, qui avait dû autrefois servir d'étable, mais qu'on avait garnie d'une table ronde et de tabourets. Des couvertures le long des murs servaient de lits.

Lazare, qui aimait deviner les âges, pensa

que le plus vieux de la bande devait avoir cinquante ans et le plus jeune dix-sept. Celui de dix-sept ans était bien. Il apprit vite qu'on le nommait Humphrey.

Le petit allait et venait de la cuisine à la salle avec des pots d'étain. C'était une espèce de jeu. Il tirait vanité, levant très haut son bras mince, de son habileté à faire couler la bière en un grand jet puissamment mousseux.

« Bravo ! L'échanson du père Jupiter !

— *Et je suis votre Ganymède* », dit le petit, citant un vers d'un nommé Shakespeare.

Le régisseur n'en crut pas ses oreilles.

« D'où as-tu tiré ça ?

— Je sais par cœur tout le rôle de Rosalinde, dit l'enfant avec fierté.

— Si c'est vrai, c'est plus qu'un bon présage, fit le gros directeur qui observait la scène, c'est une aubaine à ne pas laisser passer.

— Il n'est pas sûr qu'Edmund ne s'en sorte pas », fit le régisseur qui aimait contredire, et qui, de toute façon, avait de l'affection pour Edmund.

« Allons donc ! Il en a pour trois semaines, s'il en réchappe, et nous jouons demain. Et puis, une Rosalinde avec une gueule cassée…

— Toi, le petit Juif pouilleux, comment ça se fait que tu saches l'anglais ? », demanda férocement le régisseur, qui se trouvait tenir aussi sur les planches l'emploi de tyran et de roi

Hérode. « Et puis, où les aurais-tu apprises, les tirades de Rosalinde ?

— Un vieux monsieur qui s'appelle Herbert Mortimer a habité à la maison. »

Le directeur creusa ses grosses joues pour produire un sifflement.

« Rien que ça ? À propos, il vient de rentrer à Londres, Herbert, avec un bon sauf-conduit. On avait besoin de lui pour jouer César.

— Pas César, penses-tu ! En temps troublés ! Une pièce très dangereuse... Non... C'est pour le More de Venise... Arrangé pour sûr, parce que c'est tout de même une sacrée vieille pièce. Mais il faut dire qu'Herbert n'est pas mal avec du brou de noix sur la figure et un turban sur la tête...

— Quand même ! Tout le monde sait bien qu'il n'a plus l'âge de baiser Desdémone...

— Bah ! Laisse ça. L'âge au théâtre, tu sais, et même dans la vie... »

Le gros directeur blond ne quittait pas de l'œil l'enfant que tous paraissaient avoir oublié.

« Donne-lui la réplique, Orlando, dit-il à Humphrey. On verra bien s'il sait ou non jouer Rosalinde. Il est mignon, en tout cas...

— C'est pas juste », fit un garçon maussade, un peu replet, qui piquait un hareng saur sur son quignon de pain. « C'est moi, Aliéna, qui devrais passer Rosalinde...

— Contente-toi de rester Aliéna, ma fille, dit

le directeur qu'on appelait aussi le bon duc. Tu les portes déjà assez mal, tes jupes, et pour jouer le rôle d'une fille qui se déguise en garçon, c'est comme trois cabrioles de suite. Il faut drôlement savoir y faire.

— Et puis, dit Humphrey, ton tour de taille me gênerait pour te faire danser. »

Il s'assit sur les talons, s'essuyant les yeux pour cacher ses pleurs d'amoureux transi, puis riant et implorant tour à tour. Il jouait très bien : en Orlando, il était seulement un peu plus et plus gaiement Humphrey. Le petit, les yeux brillants de joie, lui répondait sans se tromper. Dans son rôle de fille qui fait semblant d'être un garçon tout ensemble pour consoler un camarade de l'absence de sa belle et se moquer gentiment de lui, il réussissait à faire sentir au-dedans quelque chose comme trois personnes qui, pour ainsi dire, jouaient l'une contre l'autre. Car, pour tout compliquer, la fille habillée en garçon aimait le garçon qu'elle bernait, et qui ne la reconnaissait pas dans ses chausses et sous son doublet d'homme. Il fallait reconnaître qu'Herbert avait bien travaillé.

« Tu t'embrouilles, dit Humphrey. Ne saute pas le plus beau. *Garçons et filles sont bétail de même espèce.* Reprends plus haut.

— Tout ce que tu voudras, dit le petit. Mais je m'embrouille parce qu'elle s'embrouille…

Elle est un peu gênée, tu comprends, parce qu'elle t'aime, Humphrey. »

Il avait décidé tout de suite qu'Humphrey-Orlando méritait d'être aimé par Rosalinde.

« Et moi, alors », fit un petit très jeune, au nez rougeaud, qui remontait sans cesse sur ses épaules une espèce de châle de paysanne. « Je ferais Rosalinde aussi bien qu'une autre, si seulement on me donnait ses nippes.

— Tu es tout juste bon pour Touchstone », dit le directeur, ce qui fâcha immédiatement un individu mal rasé, plâtré de blanc, qui n'aimait pas qu'on lui rappelât qu'il jouait les pitres.

« Il n'y a pourtant que moi qui les fasse rire », dit-il sauvagement. Et, comme pour prouver ses talents, il esquissa une grimace qui lui donna la gueule ouverte d'une gargouille.

« Ça va », reprit le directeur en tournant le dos au surnommé Touchstone. « Ça va même très bien... Un clin d'œil de la chance, continua-t-il, jubilant, et dire que je m'attendais à devoir changer de pièce... Mais faudrait encore voir s'il fait aussi bien habillé en fille. Après tout, c'est ma propre nièce. »

Humphrey se leva pour aller fourrager dans un coffre. Il revint avec des oripeaux plein les bras.

« Mets ça. Tu n'as pas besoin d'enlever ta défroque. Tu es assez mince pour qu'on voie l'effet. »

Et il ajouta, tourné vers le directeur-duc :

« J'ai pris sa robe de noces, parce que c'est la plus belle. On verra mieux. »

Le petit eut du mal à trouver les agrafes de la grande jupe de moire cramoisie, avec des lés de drap d'argent.

« Fais attention : il est un peu déchiré, celui-là. Le corsage est bas, mais fera très bien quand tu n'auras plus ta grosse chemise qui bouffe par en haut…

— Un peu trop large sur le devant, dit en ricanant Aliéna.

— Très bien. On mettra des serviettes. Tourne-toi. »

Le petit se tourna avec complaisance, pointant sous la longue jupe son pied chaussé d'une savate trop large.

« Nom de Dieu, dit le directeur-duc. J'allais oublier. Tu vis chez tes parents ?

— J'ai une espèce de grand-mère.

— Qu'est-ce qu'elle fait ?

— Elle reçoit des Messieurs pour faire danser ses trois nièces.

— Je ne crois pas que ce soit trop difficile, fit confidentiellement le directeur au régisseur. Et ta mère ?

— Ma mère a été pendue en public », dit avec ostentation le petit, qui tirait gloire de cet épisode. Il lui semblait que sa mère (dont, du reste, il ne se souvenait pas, étant fort jeune à l'époque) était morte sur un grand théâtre.

— Et ton père?

— Sais pas, dit l'enfant. Je crois que j'ai pas de père.

— Tout le monde a un père », dit sentencieusement Humphrey, en se frottant les côtes comme s'il se souvenait de coups de bâton.

« Écoute bien, dit le directeur en prenant le petit par les deux bras. C'est le Bon Dieu qui t'envoie. Tu es juif, je pense, mais, pas vrai, tu crois quand même au Bon Dieu? Eh bien, avant-hier, le jour où nous sommes arrivés de Londres, Edmund qu'on appelle Edmunda est parti faire un tour en ville et s'est pris de querelle avec quelqu'un. Les Hollandais, ça ne badine pas, et lui aussi avait bu plus qu'il n'en faut de leur genièvre. Je ne sais qui a eu tort ou a eu raison dans tout ça, mais on l'a retrouvé sur le carreau, la tête cassée. Et nous avons besoin demain d'une Rosalinde pour jouer chez Monsieur de Bréderode.

— Et puis après, continua Humphrey, c'est le plus beau. On passe par le Hanovre, parce que l'Électrice est de chez nous et veut les pièces de Londres qu'on jouait dans sa jeunesse. Et puis au Danemark. On a un contrat qui promet de vraies chambres sous les combles, et deux oies ou deux cygnes par jour avec la garniture tout autour. Et après, si le cœur nous en dit, on va en

Norvège et on reviendra par ici dans la bonne Angleterre où l'on se sera ennuyé de nous. Tu veux ?

— *Je suis votre Rosalinde*, dit le petit, jouant toujours.

— M'est avis que le mieux serait qu'il ne dise rien à sa vieille, fit pensivement le directeur-duc. Elle t'aime, ta mère-grand ?

— Je porte les plats et j'ouvre les portes.

— Eh bien, elle trouvera quelqu'un d'autre pour ouvrir les portes et porter les plats. File demain en douceur et rejoins-nous au petit jour.

— Et tu verras comme on te fera fête, reprit Humphrey. Les dames t'embrasseront et t'appelleront mon page. Elles te donneront des fruits confits. Et les messieurs tirent parfois de leur poche un sou d'or. J'ai été fille, moi, et je sais comment les choses se passent. Mais depuis que j'ai dix-huit ans, j'ai repassé garçon.

— Ça ne te prive pas de dames qui t'embrassent ni de sous d'or, dit sombrement Aliéna.

— Tout ça est bel et bon, mes enfants, mais il ne faudrait pas que le petit se fasse entortiller et reste au Danemark comme page d'une Altesse, fit le directeur-duc. Si t'es bon, nous te ramènerons à Londres.

— J'ai déjà été à Londres.

— De mieux en mieux. Tu seras comme chez toi. Garde l'œil sur lui, Humphrey. C'est peut-être une tête de linotte, ce petit prodige-là. »

Humphrey reconduisit l'enfant dans la cour. Lazare s'arrêta pour embrasser le cou d'un cheval.

«Ne dis adieu à personne qu'aux chevaux. D'ailleurs, il n'y a pas d'adieu : on repassera par ici. J'aimerais bien te garder à coucher dans la grande salle, mais ça donnerait l'alerte à ta vieille. Glisse-toi dehors en douce à l'aurore et prends ton meilleur habit ; tu en as bien un ? Nous avons pour toi le beau costume de Ganymède dans les scènes où tu portes des chausses, mais il est trop bon pour la ville. Et ne prends pas des sous, ou seulement très peu. Elle pourrait te poursuivre.

— J'ai pensé à ça », fit le petit en hochant la tête.

Il rentra chez lui en courant. La maison était à dix pas, mais c'était à peu près l'heure où l'on s'attendait à ce qu'il endossât son bel habit pour ouvrir la porte. Il ne s'était arrêté qu'un instant pour tout dire à Klem ; Humphrey lui avait enjoint de ne rien faire de pareil, mais on pouvait compter sur Klem ; il se laisserait battre comme plâtre sans rien rapporter. Le salon de Loubah était tout plein de monde. Il lui semblait qu'on n'en finirait jamais ce soir-là. Quand il ne resta que deux ou trois clients qui avaient payé pour coucher toute la nuit, Mevrouw Loubah tisonna le feu de la cuisine, séparant les bûches et les éloignant du tas de cendres encore chaudes. Lazare pensa qu'elle ressemblait à une sorcière ou à une fée (il y avait aussi des Sibylles dans les livres d'Herbert), et que, dans son genre, elle était très belle. Au théâtre, elle aurait bien joué les vieilles reines.

En montant pas à pas le long escalier, il lui vint à l'esprit qu'elle ne l'avait jamais souffleté, encore moins battu. Elle ne l'avait jamais morigéné, sauf au sujet des erreurs qu'on commet avec son corps, comme de se moucher trop bruyamment ou de se montrer dépeigné. Elle était bonne, à ce qu'il lui semblait, avec les nièces, et bonne envers les clients à qui elle ne reprochait même pas de rendre s'ils avaient bu. Elle avait été très bonne pour Herbert, qu'il n'avait jamais vu lui donner d'argent. Et il se souvenait qu'elle avait une fois remis devant lui dans la poche d'un Monsieur dodelinant sur une chaise la bourse qu'il avait laissée tomber. Mevrouw, qui n'était pas portée à parler sentencieusement, avait dit au petit garçon étonné : « Il faut toujours être honnête dans les petites choses. Tu comprendras plus tard. »

Non, ce n'était pas une mauvaise grand-mère. Mais il ne l'aimait pas assez pour lui dire qu'il s'en allait.

Dans sa mansarde, il tira soigneusement d'entre deux solives sa provision de bouts de chandelle et relut à leur lueur tout le rôle de Rosalinde, pour être plus sûr de ne pas rester court. « Et puis, pensa-t-il, si j'oublie, j'inventerai quelque chose. Humphrey m'aidera. » Il fit un paquet des brochures d'Herbert (les livres étaient trop lourds pour les emporter) et les plaça sur son oreiller. Appuyé sur ce dur paquet, il sommeilla d'un œil, ou plutôt, au lieu de sommeiller, il rêva.

Ce fut un long rêve. Il s'agissait de lui, le petit Lazare, qui connaissait tout ce qu'il y avait à connaître dans les rues d'Amsterdam : les voleurs, qui, faut dire, ne lui avaient jamais rien volé, les ivrognes, qui sont le plus souvent gentils quand ils ont bien bu ; les pauvres et les riches (ça se reconnaît à leur costume) ; les mendiants qui ont peur qu'on leur fasse concurrence ; les Messieurs jeunes et vieux, ceux qui vous paient des sous pour porter une lettre à une femme et donnent encore un pourboire en plus quand on leur apporte la réponse, sans même attendre de lire ce qu'il y a dedans, et des fois ce qu'il y a dedans les fait pleurer ; ceux qui vous serrent dans leurs bras (on ne sait pas pourquoi) dans un coin obscur, comme s'ils allaient vous casser, et ceux-là lâchaient parfois des pièces d'argent ; ceux qui vous donnaient des sous pour garder leur cheval, et quelquefois le cheval est méchant, et rue, mais la plupart des chevaux l'aimaient, et il y a plaisir à sentir sur sa main leur salive quand on leur tend un trognon de pomme... Et ceux qui se méfient de vous (ce sont les marchands), et qui vous chassent avec un bâton quand on regarde trop longtemps les devantures, et c'est surtout les pâtissiers.

Et il s'agissait de l'enfant Lazare qui avait joué avec Klem, et de celui envers qui Mevrouw Loubah était bonne, mais tout de même qu'elle n'embrassait jamais, seulement, il ne l'avait jamais vue embrasser quelqu'un, sauf Herbert, qui était très vieux. Mais il lui semblait que ces petits Lazares étaient, non pas morts, non pas oubliés : dépassés plutôt, comme de petits garçons avec lesquels il aurait couru dans la rue.

Et il s'agissait d'Herbert, qui lui avait appris à jouer à être quelqu'un d'autre. La chambre d'Herbert avait contenu des gens à n'en plus finir, et des batailles, et des cortèges, et des fêtes de noces, et des cris de joie ou de peine à faire crouler la maison, mais on criait à mi-voix, de sorte que personne n'entendait, et toute cette foule où il y avait des rois et des reines avait tenu à l'aise entre le coffre et le petit poêle. Et Herbert était parti comme on part dans les rêves, ou comme parfois les comédiens passent dans la coulisse sans qu'on sache pourquoi, et c'est de la sorte, demain, que le petit Lazare partirait avec les acteurs.

Herbert avait eu beau être pâle et cassé, il n'avait pas d'âge. Il était quand il le voulait tout petit et tendre comme les enfants d'Édouard qu'on avait tués dans la Tour, et quelquefois léger et riant comme Béatrice qui danse comme les étoiles dansent, et, à ces moments-là, il avait quinze ans, et d'autres fois, quand il pleurait sur son royaume perdu et sur sa fille morte, il avait mille ans, tant il était vieux. Et il n'avait pas non plus de corps : lorsqu'il faisait tant rire le petit Lazare en étant Falstaff, il était gros et gras, avec des jambes courbées comme des cercles de tonneau, et, le reste du temps, il était mince comme Jacques le Mélancolique (personne, demain, chez Monsieur de Bréderode, ne serait Jacques le Mélancolique comme lui), et quand il était Cléopâtre, il était belle.

Et Lazare aussi serait toutes ces filles, et toutes ces femmes, et tous ces jeunes gens, et tous ces vieux. Il était déjà Rosalinde. Il partirait demain de la maison de Mevrouw Loubah, toute pleine de miroirs de Venise où les nièces et leurs Messieurs se miraient tout nus. Lui, il serait vêtu à son ordinaire, en garçon, mais il serait en vérité Rosalinde, quand elle avait quitté travestie le beau palais dont son oncle le bon duc avait été chassé. Elle se faisait appeler Ganymède et s'en allait très loin dans une forêt si grande que si l'on voulait mettre tant d'arbres sur la scène, tous les boqueteaux et les bocages des environs d'Amsterdam, mis bout à bout, n'y suffiraient pas.

Elle partait accompagnée d'Aliéna, sa bonne cousine (il faudrait se rappeler de se montrer gentil envers Aliéna) et d'un bouffon plâtré dont Lazare avait un peu peur, mais il vaudrait mieux ne pas laisser voir cette peur-là. Et le jour de ses noces avec Orlando, il danserait dans sa belle robe aux lés d'argent (il ne savait pas danser, mais il suffit de sauter en mesure), et il faudrait faire attention de ne pas déchirer davantage celui des lés qui l'était déjà.

Et il serait aussi d'autres belles filles, mais il faudrait d'abord apprendre par cœur toutes les tirades qu'elles avaient débitées, et pas seulement quelques paroles qui lui revenaient parce que Mister Herbert les avait pour ainsi dire chantées. Il serait Juliette, et il comprenait maintenant pourquoi Mister Herbert en partant l'avait appelé de ce nom-là. Il serait Jessica, la Juive, habillée comme les belles filles de la Judenstraat; il serait Cléopâtre et donnerait à baiser sa petite main à un général nommé Antoine; il cherchait vainement lequel parmi les acteurs dans la grande salle serait assez magnifique pour être Antoine. Et puis, il mourrait tuée par un serpent, mais il espérait que la morsure du serpent ne lui ferait pas trop mal.

Quand beaucoup de temps aurait passé, quand il aurait dix-huit, ou peut-être dix-neuf, ou (qui sait?) vingt ans, il redeviendrait comme Humphrey un garçon : il lutterait épaule contre épaule avec le sauvage qui l'attaquerait dans la lice, mais il faudrait d'abord développer ses biceps et raffermir ses poignets. Et il serait Roméo pleurant sur la Juliette qu'il se souviendrait d'avoir été ; il escaladerait facilement le balcon, lui qui grimpait si bien aux arbres du quai.

Il serait la duchesse de Malfi, qui pleure ses petits enfants dans un asile de folles, et aussi, un jour, quand il ne porterait plus si bien les robes de femmes, il serait un des méchants qui les auraient égorgés. Et il serait Hotspur, le cavalier aux éperons brûlants, si jeune et si brave, et aussi sa femme Kate, qui, en lui disant adieu, s'efforcerait de rire pour ne pas pleurer, et Hal, si brave et si gai, avec ses joyeux compagnons.

Beaucoup plus tard encore, quand il aurait atteint un âge vraiment avancé, mettons quarante ans, il serait roi avec couronne en tête, ou bien César. Herbert lui avait montré comment on tombe en disposant les plis de sa robe pour ne pas exposer indécemment ses jambes nues. Et il serait aussi des femmes lourdes de toutes les méchancetés qu'elles ont commises au cours de leur vie : une grosse reine de Danemark gonflée de crimes, ou Lady Macbeth avec un couteau, ou encore les sorcières barbues qui font bouillir dans un chaudron des choses sales.

Ou bien, il ferait le pitre, comme ce grimacier plâtré d'hier soir : faire rire les gens serait encore une façon de leur plaire et de leur faire plaisir, comme on leur plaît et leur fait plaisir, quand on est fille, en embrassant sous leurs yeux quelqu'un (et quelquefois ils viennent aussi se faire embrasser dans les coulisses), ou (c'est étrange à dire) en mourant sous leurs yeux jeune et belle. Et ensuite, au bout de cinquante ans (c'est long, cinquante ans), on lui donnerait des rôles de vrais vieux : un Orlando qui ne serait pas Humphrey, car peut-être entre-temps Humphrey serait mort, puisqu'il avait déjà au jour présent dix-huit ans, le porterait tendrement dans ses bras sous l'aspect du vieux domestique Adam, tout chenu, tout ridé, sans dents, sans forces, mais fidèle. Ce serait beau d'avoir été cinquante ans fidèle.

Et peut-être bien qu'après avoir été Jessica, la belle Juive rieuse qui se sauve en emportant des écus, il serait le père Shylock aux doigts crochus, et on le traiterait de vieux Juif pouilleux comme le régisseur hier l'avait traité de petit Juif pouilleux, parce que c'est l'usage. Mais ce doit être dur pour un vieux de perdre à la fois sa fille et ses écus, et peut-être qu'au lieu de faire rire les gens avec Shylock, il les ferait pleurer.

Ou bien, au contraire, tout se passerait devant

une mer bleue et sous un ciel rose, et il serait Prospéro l'Enchanteur, qui, comme Herbert, n'a pas d'âge, parce qu'il est quasi Dieu, et il se souviendrait d'avoir été des années plus tôt sa propre fille, Miranda l'innocente, qui s'éprend d'un homme parce qu'elle le trouve beau. Et, après avoir apaisé la terre et les vagues, il réciterait de merveilleuses paroles sur les choses qui passent comme un songe, au fond d'un sommeil dont notre vie est enveloppée (il ne savait plus très bien le passage par cœur), et quand il briserait sa baguette magique, tout serait fini.

Et, quand il n'y aurait plus pour lui, sur les tréteaux de bois, aucune petite place, il ferait le moucheur de chandelles, celui qui les allume et finalement les éteint une à une. Mais, parce qu'il saurait tous les rôles, on le prendrait aussi pour souffleur : sa voix serait comme qui dirait dans toutes les voix. Une fièvre de joie s'emparait de lui au sentiment d'être à la fois tant de personnes vivant tant d'aventures. Le petit Lazare était sans limites, et il avait beau sourire amicalement au reflet de lui-même que lui renvoyait un bout de miroir fiché entre deux poutres, il était sans forme : il avait mille formes.

En tout cas, il était invisible, ce matin-là, dans le gris du point du jour, lorsqu'il descendit pieds nus, ses savates à la main, l'escalier de derrière de la maison de Loubah et se glissa dehors par la porte de la cuisine dont il avait, la veille, graissé le loquet d'un peu de lard. Le ciel était moitié gris, moitié rose. Ce serait une belle matinée.

Dans la rue, il remit ses savates ; il était déjà assez encombré de son meilleur habit plié sur son bras, de ses souliers du dimanche pendus à sa ceinture et de la grosse liasse des brochures d'Herbert. Dans la cuisine, cinq sous pour le laitier s'étaient trouvés alignés sur la table. Il les avait pris. Ce n'était pas vraiment un vol ; c'était une aubaine.

La rue était encore quasi vide, sauf pour des campagnards qui se rendaient au marché avec des paniers pleins : ceux-là avaient dû se lever aux chandelles. Un vendeur de beignets était déjà assis à sa place, pour satisfaire la faim des passants. Lazare dépensa un sou et mit dans sa bouche la bonne grosse boule chaude. Des chiens maigres fouillaient dans les tas d'ordures visités de nuit par des rats ; il aurait voulu caresser un à un tous ces chiens. Il aurait aimé aussi soutenir de son mieux l'ivrogne qui titubait en rentrant chez lui, au risque de crouler dans le ruisseau, mais ses hardes et ses paquets lui embarrassaient les mains. Et il fallait se hâter d'atteindre l'auberge.

Humphrey l'attendait sur le seuil, une vieille couverture de cheval drapée sur les épaules.

« Va t'habiller tout de suite. Ta robe est dans le réduit près de la remise. Et fais attention à ne pas prendre froid : ça enroue, l'air du petit matin. »

Et, traversant la cour, il montra un coche qu'on commençait d'atteler.

« Monsieur de Bréderode nous l'envoie pour nous conduire au château. Il veut que nous arrivions dans nos habits de théâtre, parce que ça fait plus gai. »

Et, écartant les pans de la vieille couverture qui lui servait de cape :

« Vois comme je suis beau. »

Il l'était en effet dans ses chausses de cuir jaune, ses brodequins à boucles et sa veste rouge soutachée d'or. Il avait frotté ses joues de fard.

« Enlève toutes tes nippes. J'ai pris des caleçons et des bas de femme tout en soie.

— Mais où est la belle jupe aux lés d'argent ? » dit le petit, un peu déçu, à qui Humphrey passait une robe de velours bleu.

« Bête ! C'est pour la fin, pour ta scène des noces. Et pour tes scènes du milieu, celles où tu t'habilles en garçon, tu as un bel habit noir et rose. Ta veste de chez toi servira pour le voyage. »

Le petit un peu frissonnant dans l'humide remise lissa soigneusement ses bas de soie. Humphrey poussa vers lui une paire d'escarpins brodés.

« Tu feras attention à marcher comme une fille, à petits pas. Et si les souliers te font mal, tant pis. Le tour de taille est trop large, mais j'ai des épingles. J'ai rembourré comme il faut le corsage. »

Il lui passa au cou un collier de pâte de verre. Et, entrouvrant un peu la porte du réduit pour faire entrer plus de jour :

« Tu es belle. Les cheveux seront bien quand on les aura peignés. Je n'ai pas pensé à prendre le pot de fard, mais on y remédiera là-bas. D'ailleurs tu as naturellement les joues roses. Viens, ils finissent de s'arranger dans la salle. »

Il aida le petit à mettre ses nippes dans un sac.

« Tu peux jeter tes savates éculées. Non. Tu t'en serviras les jours de pluie comme de socques. »

Dans la grande salle, les gens s'habillaient en jurant, pestant pour un ruban égaré ou une boucle de ceinture subtilisée par un camarade. Audrey avait déjà trop bu et portait tout de travers sa cornette de paysanne. Touchstone avait ajouté à son plâtre de grands cercles rouges. Tout couvert de chaînes d'or qui lui servaient aussi dans les rôles de majordome, le duc allait d'un groupe à l'autre avec une dignité ducale. L'entrée de Rosalinde fit battre des mains, mais Aliéna demeura maussade.

« Tu me feras le plaisir de ne pas lui donner de crocs-en-jambe, chuchota Humphrey. Je t'ai à l'œil. »

Aliéna sans trop rechigner prit sa cousine par la main. On empila les coffres sur le toit du coche et les sacs furent jetés à l'intérieur pour servir de coussins. Monsieur de Bréderode avait dû envoyer le plus délabré de ses véhicules, car il ne restait à l'intérieur qu'un seul banc à franges, sur lequel le duc s'installa au côté d'un grand garçon maigre et pâle, vieux déjà d'environ trente ans, dont Lazare décida que c'était Jacques le Mélancolique, parce qu'il faisait de son mieux pour avoir l'air triste. Mais l'absence des autres bancs ne gênait pas : c'était tout aussi commode de s'asseoir à la turque, et on avait répandu sur le plancher du coche de la paille humide qui sentait bon.

Il y eut cependant un incident qui fit remettre pied à terre au duc. On se concertait dans la cour. Le cocher arrivé tard dans la nuit avec l'attelage avait entonné chope sur chope ; un passage sous la pompe ne le dessoûla pas. Couché sur le pavé de la cour, tout gonflé de boisson, il avait l'air d'une limace morte. Mais il ronflait, ce qui prouvait quand même qu'il était en vie. Une petite pluie fine se mit à tomber.

« On se passera de lui, décida le bon duc. Hé ! Girafe ! »

Un long individu dégingandé parut et monta sur le siège d'un air résigné. Il avait jeté sur ses vieux habits un drap de lit qui le couvrait des pieds à la tête et tenait à la main une faulx qu'il déposa pour prendre les rênes.

« C'est lui qui nous conduit quand nous louons une carriole, expliqua Humphrey. Il accroche rarement. Et avec l'habillement qu'il porte, qu'il pleuve ou qu'il vente, ses hardes ne se gâteront pas.

— Il me fait un peu peur, murmura le petit.

— Il n'y a pas de quoi. Sur la scène, on lui blanchit la figure pour faire plus effrayant. Il joue la Mort qui emporte un homme riche dans une vieille farce que nous donnons de temps en temps pour commencer. Touchstone y fait le Diable avec une longue queue. L'autre, le grand blanc, joue aussi le revenant d'un roi de Danemark assassiné. Mais ça n'est pas une pièce qu'on puisse donner à Copenhague. »

La pluie, maintenant, était drue. Tout le monde s'entassa dans l'intérieur. Aliéna, qui s'assit près de sa cousine, incommodait celle-ci en croquant une gousse d'ail. Rosalinde appuya la tête sur les genoux d'Orlando, qui avait jeté sur elle un pan de sa vieille couverture. L'enfant avait faim, et se disait qu'il aurait peut-être dû manger deux beignets. Mais c'était bon de penser qu'il restait quatre sous à partager avec Humphrey. Deux couples de chasseurs de la suite du duc, vêtus de vert et camouflés de feuillage, continuaient dans un coin une partie de tarot. Touchstone, la tête sur la poitrine, chantonnait une complainte lugubre. Par les vitres mal lavées, on apercevait des champs et des prairies avec des vaches, ce qui fit plaisir à Lazare, l'enfant ayant jusqu'ici peu quitté la ville. Des arbres renouvelés par le printemps déployaient leur fraîche verdure. Il pleuvait toujours, par ondées, mais les nuages courant les uns derrière les autres semblaient jouer dans le ciel, et il y avait çà et là de grandes éclaircies bleues. Il ferait sûrement beau pour la représentation dans le parc.

Mais la route semblait longue. Les cahots du coche berçaient l'enfant qui s'habituait à eux. Tout se brouillait dans cette somnolence : le tambourinement de la pluie sur le toit (un peu d'eau dégoulinait sur la couverture), les petits cris de Lazare quand Humphrey, malgré tous ses soins, lui tiraillait les cheveux en les démêlant, la complainte du pitre, l'haleine d'Aliéna, les figures du tarot dont on ne sait trop ce qu'elles veulent dire, et Copenhague qui semblait tout proche, juste au tournant du chemin, et, à travers les vitres dégoulinantes du coche, les beaux pans du ciel clair, et les friandises dont le majordome de Monsieur de Bréderode aurait sûrement réservé une part aux acteurs, et la grande jupe aux lés d'argent.

Southampton. Octobre 1980
Cintra. Mars 1981

POSTFACES

Un homme obscur

La première nouvelle du présent recueil, Un homme obscur, *long récit ou roman court, et* Une belle matinée, *fantaisie de quelques pages, scindent en deux la pâle nouvelle* D'après Rembrandt *de 1935, qui, des années plus tôt sous sa forme inédite, s'était appelée* Nathanaël. *Lu et relu plusieurs fois en 1979, ce texte flou, l'un de mes premiers ouvrages, puisqu'il fut écrit vers la vingtième année, et n'avait ensuite été retouché qu'à peine, s'avéra entièrement inutilisable. Pas une ligne n'en subsiste, mais il contenait néanmoins en soi des semences qui ont fini par germer à la distance de bien des saisons.*

L'idée première du personnage de Nathanaël est à peu près contemporaine de celle du personnage de Zénon; de très bonne heure, et avec une précocité qui m'étonne moi-même, j'avais rêvé deux hommes, que j'imaginais vaguement se profilant sur le fond des anciens Pays-Bas : l'un, âprement lancé à la poursuite de la connaissance, avide de tout ce que la vie aura à lui apprendre, sinon à lui donner, pénétré de toutes les cultures et de toutes les philosophies de son temps, et les rejetant pour se créer péniblement les siennes; l'autre, qui en un sens « se laisse vivre », à la fois endurant et indolent jusqu'à la passivité, quasi inculte, mais doué d'une âme limpide et d'un esprit juste qui le détournent, comme d'instinct, du faux et de l'inutile, et mourant jeune sans se plaindre et sans beaucoup s'étonner, comme il a vécu.

Dès mon ébauche de la vingtième année, j'avais fait de Nathanaël le fils d'un charpentier, un peu par allusion à celui qui se proclamait le Fils de l'Homme. Cette notion ne se retrouve plus dans Un homme obscur, *ou seulement de façon très diffuse, et dans le sens quasi conventionnel où tout homme est un Christ. Dès le début, j'avais situé Nathanaël en Hollande, pays dont j'ai connu de bonne heure au moins certaines régions, et dans la Hollande du XVIIe siècle, que nous avons tous visitée à travers ses peintres. Mais le vague et le faux n'en régnaient pas moins dans ce récit d'autrefois pour des raisons fort simples : j'avais choisi de faire de Nathanaël un ouvrier sans rien savoir de la vie des ouvriers de mon époque, encore moins de ceux du passé. J'ignorais presque tout de la misère des villes; j'étais trop neuve en présence des grands compromis et des petites défaites quotidiennes de toute existence. Comme c'est resté le cas dans le récit qu'on a lu, je supposais Nathanaël, déjà atteint d'une maladie de poitrine, trouvant chez un libraire d'Amsterdam un travail sédentaire, mais je n'avais pas pris la peine de rechercher d'où sortaient* *les quelques connaissances nécessaires à cet emploi de correcteur d'épreuves. Comme aujourd'hui encore, je lui faisais épouser une juive de* musico, *mais ce portrait de prostituée tracé par une fille connaissant encore mal les femmes était tout au plus un profil perdu : l'élément unique qui distingue chaque créature, et que l'amour décèle d'emblée à des yeux aimants, lui manquait. Enfin, après une longue promenade désolée dans les rues d'Amsterdam, Nathanaël épuisé mourait à l'hôpital d'une commode pleurésie, sans qu'on sentît suffisamment les affres et la dissolution du corps. Tout cela restait gris sur gris comme l'est bien souvent une vie vue du dehors, jamais une vie vue du dedans.*

Et pourtant, ce personnage continuait à m'habiter dans un coin de pénombre. En 1957, me trouvant à l'île des Monts-Déserts (je préfère utiliser ce nom que Champlain mit sur la carte plutôt que l'appellation plus récente de Mount Desert Island), j'acceptai, comme je le faisais souvent alors, l'offre d'une brève tournée de conférences, moyen facile de défalquer sur la feuille des contributions une partie des frais d'un voyage. La tournée devait me conduire dans trois villes du Canada : Québec, Montréal, Ottawa, et mon public serait celui des universités et des clubs français. À cette époque, le plus simple pour moi était d'aller prendre dans une distante gare de village du Maine le seul train New York-Montréal acceptant encore des passagers. C'était déjà l'époque où les trains allaient rejoindre les dinosaures dans les chambres de débarras du temps, en attendant que les automobiles, un jour ou l'autre, les rejoignent à leur tour : les voies ferrées du Maine n'étaient plus maintenues que pour les convois de troncs d'arbres destinés à devenir pâte à papier. Ce train muni d'un unique wagon Pullman s'arrêtait dans cette gare à deux heures du matin : il le fait encore. Vers les dix heures du soir, le dernier autobus m'amena, accompagnée de Grace Frick, devant une station déserte et fermée : la salle d'attente n'ouvrait ses portes qu'à une heure quarante-cinq. Nous prîmes refuge dans la seule auberge du lieu. L'endroit, genre bastringue, était bruyant et enfumé. Tandis que Grace s'accommodait d'une table et d'un livre, lu à la lueur d'une maigre ampoule, je demandai pour ces quelques heures une chambre et un lit. On me les offrit au premier étage. Étroite, nue, tapissée d'un voyant papier peint, la chambrette ne contenait, outre ce lit, qu'une seule chaise, et devait servir à des commis voyageurs égarés dans ce bled pour une raison quelconque.

 Le froid et des névralgies m'empêchèrent de dormir, mais, durant deux heures, l'extraordinaire se produisit : je vis passer sous mes paupières, subitement sortis de rien, rapides toutefois et pressés comme les images d'un film, les épisodes de la vie de Nathanaël à qui, depuis vingt ans, je ne pensais même plus.

 J'exagère, et une exception s'impose : deux ou trois ans plus tôt, j'avais lu une biographie de Samuel Pepys, cet Anglais épris de musique de chambre, de vie domestique bien réglée et de passades libertines, *qui fut non seulement, comme on le sait de longue date, l'intelligent chroniqueur de Londres au XVIIe siècle, non seulement, comme on le sait depuis qu'on a sorti cette partie de son journal de la clandestinité, un précurseur en matière de totale franchise érotique, mais encore, et, si l'on peut dire, aux jours ouvrables, un efficace Secrétaire de l'Amirauté. J'avais appris de la sorte que des charpentiers hollandais travaillaient de son temps dans des arsenaux britanniques. Ce fait m'avait rappelé mon jeune ouvrier d'Amsterdam, et je m'étais dit qu'un tel commencement conviendrait fort bien à sa vie. Ces réflexions avaient-elles silencieusement déposé en moi un humus d'images, ou poussé vers moi des épaves d'aventures ? Toujours est-il que, pendant deux heures, dans la réverbération d'une lampe à arc sur le mur de ma chambre, je vis passer sous mes yeux un Nathanaël de seize ans que je ne connaissais pas encore. Il boitait, et avait été mis en apprentissage chez un maître d'école, puisque les échafaudages et le travail en cale sèche n'étaient pas pour lui. Obligé de fuir à la suite d'une rixe, il se cachait dans la soute d'un trois-mâts en partance pour les Îles ; je suivais ses vagabondages de la Jamaïque aux Barbades, et de là, virant au nord, à bord d'un corsaire britannique patrouillant la côte du Maine ouverte depuis peu aux appétits européens ; je l'imaginais mêlé à un épisode authentique, qui demeure, du reste, la seule part « historique » de mon récit, l'attaque par ce flibustier anglais d'un groupe de Jésuites français fraîchement débarqués dans l'Île des Monts-Déserts, qui alors méritait son nom. L'échauffourée eut lieu en 1621 ; ma nouvelle, volontairement très vague en matière de dates (Nathanaël se passe de chronologie), la décale de quelques années. Un peu plus tard, et un peu plus loin, je le voyais échouer dans « l'Île Perdue » qu'on peut situer à son gré, sans trop de précision, dans l'extrême nord du Maine ou sur l'actuelle frontière canadienne, entre Great Wass Island et Campobello, puis regagnant l'Europe, je ne savais trop comment, et, grâce aux minces connaissances acquises jadis chez le maître d'école, trouvant une place de correcteur chez un oncle avaricieux, libraire à Amsterdam, qui figurait déjà dans l'ébauche d'autrefois.*

Il épousait toujours une jeune juive nommée Saraï ; mais celle-ci était maintenant voleuse au moins autant que prostituée. La promenade désolée sous la neige avait toujours lieu, mais Nathanaël mourait moins vite. Sorti de l'hôpital, il devenait laquais, se frottant quelque peu au monde de la richesse, des élégances et des arts, qu'il jugeait en homme ayant connu le revers des choses. Il semblait qu'ensuite il allât mourir dans l'une des îles de la côte frisonne, je ne savais encore trop laquelle, ni dans quelles circonstances. À ce moment, on vint me dire que le train était annoncé.

La tournée de conférences, bonnes, médiocres, ou mauvaises, puis une indisposition grave qui me retint près de trois semaines à Montréal, d'autres travaux, et enfin une série d'années difficiles, me firent complètement renoncer à noter mes visions d'une nuit dans un village isolé du Maine. Je me dis, comme je me le suis plus d'une fois dit dans des cas analogues, que si quelque chose en elles importait vraiment, elles reparaîtraient. J'écrivis L'Œuvre au Noir, Souvenirs pieux, Archives du Nord, *quelques essais, quelques traductions, mais Nathanaël lui-même s'était rencogné dans l'ombre. Il en est ressorti en 1980, à une distance de vingt-deux ans.*

*Le présent texte d'*Un homme obscur *date tout entier de ces années 1979-1981, si pleines pour moi d'événements, de changements et de voyages. Aux images que j'avais vues défiler, vingt-deux ans plus tôt, sont vite venues s'en ajouter d'autres, nées de celles-là. Pour tout livre arrivé au point où il n'y a plus qu'à l'écrire, se produit toujours ce moment de prolifération. Des personnages nouveaux rencontrés par hasard au détour d'un épisode, des scènes cachées derrière d'autres scènes comme autant de décors à glissières : la petite Foy, ses vieux parents, et son petit frère imbécile; Mevrouw Loubah et sa maison un peu louche, un peu borgne; l'helléniste dissipé et tombé dans la gêne; la servante à face de Parque du bourgmestre Van Herzog, qui conduit, par des chemins indirects, Nathanaël dans l'île où il va finir; les habitants de l'office et ceux des salons lambrissés; l'histoire du chien sauvé des dents d'un tigre, trouvée en compulsant des notes sur de vieilles feuilles d'avis du* XVIIIe *siècle; le bruit sourd des vagues formant et déformant les dunes, les milliers de claquements* *d'ailes que je suis allée réentendre récemment dans une île de la Frise, le coin de lande presque abrité du vent où je me suis couchée sous les arbousiers, cherchant le lieu où Nathanaël mourrait le plus commodément possible. Toute œuvre littéraire est ainsi faite d'un mélange de vision, de souvenir et d'acte, de notions et d'informations reçues au cours de la vie par la parole ou par les livres, et des raclures de notre existence à nous.*

*La principale difficulté d'*Un homme obscur *était de montrer un individu à peu près inculte formulant silencieusement sa pensée sur le monde qui l'entoure, et quelquefois, très rarement, avec des lacunes et des hésitations qui correspondent aux balbutiements d'un bègue, s'efforçant d'en communiquer à autrui au moins une parcelle. Nathanaël est de ceux qui pensent presque sans l'intermédiaire des mots. C'est dire qu'il est à peu près dépourvu de ce vocabulaire à la fois usuel et usé, fruste comme ces monnaies qui ont trop servi, à l'aide duquel nous échangeons ce que nous supposons être des idées, ce que nous pensons croire et ce que nous croyons penser. Encore fallait-il pour écrire ce récit que cette méditation quasi sans contours fût transcrite. Je n'ignore pas que j'ai triché en donnant à Nathanaël sa mince culture reçue d'un magister de village, lui fournissant ainsi, non seulement la chance d'occuper chez son oncle, Élie Adriansen, un emploi mal payé, mais encore de relier entre eux certaines notions et certains concepts : ces quelques bribes de latin, de géographie et* *d'histoire ancienne lui servent comme malgré lui de bouées dans le monde de flux et de reflux qui est le sien ; il n'est pas tout à fait aussi ignorant ni aussi démuni que j'aurais voulu qu'il le fût. Reste, néanmoins, aussi indépendant que possible de toute opinion inculquée, le quasi-autodidacte nullement simple, mais délesté à l'extrême, se méfiant instinctivement de ce que les livres qu'il feuillette, les musiques qu'il lui arrive d'entendre, les peintures sur lesquelles se posent parfois ses yeux ajoutent à la nudité des choses, indifférent aux grands événements des gazettes, sans préjugé dans tout ce qui touche à la vie des sens, mais aussi sans l'excitation ou les obsessions factices qui sont l'effet de la contrainte ou d'un érotisme acquis, prenant la science et la philosophie pour ce qu'elles sont, et surtout pour ce que sont les savants et les philosophes qu'il rencontre, et levant sur le monde un regard d'autant plus clair qu'il est plus incapable d'orgueil. Il n'y a rien d'autre à dire sur Nathanaël.*

Une belle matinée

Une belle matinée *a pour point de départ l'épisode final de l'ancien* Nathanaël. *J'avais gratifié mon personnage d'un fils, réel ou putatif, que lui aurait donné Saraï; l'enfant élevé par sa mère dans les ruelles de la Juiverie s'engageait, vers l'âge de treize ans, dans une compagnie d'acteurs anglais en tournée, comme, à l'époque, il arrivait à leurs pareils de le faire, dans les demeures princières d'Allemagne ou des pays scandinaves dont les possesseurs avaient fréquenté la cour de Whitehall ou épousé des princesses anglaises avides des dernières nouveautés de Londres. La compagnie avait à remplacer au pied levé une jeune première, laquelle, comme on sait, était toujours un adolescent ou un enfant travesti.*

Je ne m'étais pas souciée, dans l'ébauche de ma vingtième année, de me demander comment cet enfant du pavé d'Amsterdam savait assez d'anglais pour se produire dans une pièce de Ford ou de Shakespeare : je crois bien que le reproche que quelqu'un m'en fit, tout autant que le désir d'élargir mon cadre, motiva, *lors de la récente rédaction d'*Un homme obscur, *d'une part, le récit des jeunes années de Nathanaël à Greenwich, de l'autre, les allusions aux succès de Saraï dans les bordels de Londres ; le décor hollandais a désormais une toile de fond anglaise. Le personnage du vieil acteur londonien logé chez Mevrouw Loubah et donnant à l'enfant quelques leçons d'élocution ne figurait pas non plus dans le texte d'autrefois.*

D'autres détails ont été, bien entendu, omis, ajoutés ou changés, de sorte que pas une ligne ne reste de la première esquisse, ni des quelques pages révisées concernant l'enfant dans la version de 1935. L'essentiel, dans le récit d'aujourd'hui, est que le petit Lazare, à l'aise dans quelques drames élizabéthains ou jacobites déjà démodés qu'il connaît par les brochures déchirées du vieil acteur, vive d'avance, non seulement sa vie, mais toute vie : tour à tour fille et garçon, jeune homme et vieillard, enfant assassiné et brute assassine, roi et mendiant, prince vêtu de noir et bouffon bariolé du prince. Tout ce qui a valu d'être vécu l'est déjà au moment où il se glisse par une aube pluvieuse, avec le reste des acteurs affublés comme lui de leurs oripeaux de théâtre, sous la bâche d'une carriole qui les mène dans les jardins de Monsieur de Bréderode pour y jouer Comme il vous plaira. *Tout comme dans l'ancien récit, l'acteur chargé du rôle de la Mort dans un réchauffé de farce médiévale tient les rênes, son drap blanc n'ayant rien à craindre d'une ondée. Ce détail, pris à un épisode analogue chez Cervantès, justifiait naguère le titre du recueil de 1935 :*

La Mort conduit l'attelage. *Chargé du symbolisme qu'on ne peut s'empêcher d'y mettre, il m'a paru aujourd'hui trop simpliste pour servir de titre. La mort conduit l'attelage, mais la vie aussi.*

Un homme obscur	9
Une belle matinée	177

Postfaces
Un homme obscur	217
Une belle matinée	226

DU MÊME AUTEUR

Aux Éditions Gallimard

SOUS BÉNÉFICE D'INVENTAIRE, 1962. Nouvelle édition en 1978 (Folio essais n° 110)

L'ŒUVRE AU NOIR, 1968 (Folio n° 798)

ALEXIS OU LE TRAITÉ DU VAIN COMBAT – LE COUP DE GRÂCE, 1971 (Folio n° 1041) et LE COUP DE GRÂCE (Folio 2 € n° 4394)

DENIER DU RÊVE, 1971. Version définitive (L'Imaginaire n° 100)

NOUVELLES ORIENTALES, 1963. Édition revue et augmentée en 1978 (L'Imaginaire n° 31)

DISCOURS DE RÉCEPTION À L'ACADÉMIE ROYALE BELGE DE LANGUE ET DE LITTÉRATURE FRANÇAISES (19 mars 1971), 1971

THÉÂTRE, 1971
 TOME I : *Rendre à César – La Petite sirène – Le Dialogue dans le marécage*
 TOME II : *Électre ou la chute des masques – Le Mystère d'Alceste – Qui n'a pas son Minotaure?*

MÉMOIRES D'HADRIEN suivi de CARNETS DE NOTES DE « MÉMOIRES D'HADRIEN », 1971. Nouvelle édition en 1977 (Folio n° 921)

FEUX, 1974 (L'Imaginaire n° 294).

SOUVENIRS PIEUX (LE LABYRINTHE DU MONDE, I), 1974 (Folio n° 1165)

ARCHIVES DU NORD (LE LABYRINTHE DU MONDE, II), 1977 (Folio n° 1328)

MISHIMA OU LA VISION DU VIDE, 1980 (Folio n° 2497)

ANNA, SOROR..., 1981 (Folio n° 2230)

DISCOURS DE RÉCEPTION À L'ACADÉMIE FRANÇAISE ET RÉPONSE DE MONSIEUR JEAN D'ORMESSON, 1981

COMME L'EAU QUI COULE : *Anna, soror... – Un Homme obscur – Une Belle matinée*, 1982

LE TEMPS, CE GRAND SCULPTEUR, 1983 (Folio essais nº 175)

LES CHARITÉS D'ALCIPPE, 1984. Nouvelle édition

UN HOMME OBSCUR – UNE BELLE MATINÉE, 1985 (Folio nº 3075)

LE DIALOGUE DANS LE MARÉCAGE. Pièce en un acte, 1988

QUOI ? L'ÉTERNITÉ (LE LABYRINTHE DU MONDE, III), 1988 (Folio nº 2161)

EN PÈLERIN ET EN ÉTRANGER, 1989

SOUVENIRS PIEUX – ARCHIVES DU NORD – QUOI ? L'ÉTERNITÉ (LE LABYRINTHE DU MONDE, I, II, ET III), 1990 (Biblos)

LE TOUR DE LA PRISON, 1991

CONTE BLEU – LE PREMIER SOIR – MALÉFICE, 1993 (Folio nº 2838)

LETTRES À SES AMIS ET QUELQUES AUTRES, 1995 (Folio nº 2983)

SOURCES II, 1999 (Les Cahiers de la NRF)

PORTRAIT D'UNE VOIX. Vingt-trois entretiens (1952-1987), 2002 (Les Cahiers de la NRF)

D'HADRIEN À ZÉNON. Correspondance (1951-1956), 2004

COMMENT WANG-FÔ FUT SAUVÉ ET AUTRES NOUVELLES, 2007 (Folioplus classiques nº 100)

« UNE VOLONTÉ SANS FLÉCHISSEMENT ». Correspondance 1957-1960 (D'Hadrien à Zénon II), 2007

UNE RECONSTITUTION PASSIONNELLE (Hors série Littérature), 2009

Dans la collection « Le Promeneur »

CROQUIS ET GRIFFONNIS en collaboration avec Sue Lonoff, traduction de l'anglais, 2009

Dans la collection « Écoutez-lire »

ALEXIS OU LE TRAITÉ DU VAIN COMBAT (3 CD)
ENTRETIEN, avec Bernard Pivot (1 CD)

Aux Éditions Gallimard Jeunesse

COMMENT WANG-FÔ FUT SAUVÉ, illustrations de Georges Lemoine, 1979 (Folio Cadet n° 178)

NOTRE-DAME DES HIRONDELLES, illustrations de Georges Lemoine, 1982, coll. Enfantimages

LE CHEVAL NOIR À TÊTE BLANCHE, présentation et traduction de contes d'enfants indiens, 1985

UNE BELLE MATINÉE, 2003 (Folio Junior n° 1258)

Dans la Bibliothèque de la Pléiade

ŒUVRES ROMANESQUES : Alexis ou le traité du vain combat – Le Coup de grâce – Denier du rêve – Mémoires d'Hadrien – L'Œuvre au noir – Comme l'eau qui coule – Feux – Nouvelles orientales, 1982

ESSAIS ET MÉMOIRES. *Essais* : Sous bénéfice d'inventaire – Mishima ou la Vision du vide – Le Temps, ce grand sculpteur – En pèlerin et en étranger – Le Tour de la prison. *Mémoires* : Le Labyrinthe du monde : I. Souvenirs pieux, II. Archives du Nord, III. Quoi ? L'éternité. « Textes oubliés » : Pindare – Les Songes et les Sorts – Articles non recueillis en volume, 1991

Traductions :

FLEUVE PROFOND, SOMBRE RIVIÈRE, Les *« Negro spirituals »*, traduit de l'anglais, 1964 (Poésie Gallimard n° 99)

PRÉSENTATION CRITIQUE DE FLORENCE FLEXNER, suivi de CHOIX DE POÈMES, traduit de l'anglais, Édition Bilingue, 1969

LA COURONNE ET LA LYRE, traduit du grec, 1979 (Poésie Gallimard n° 190)

BLUES ET GOSPELS, traduit de l'anglais, 1984

COLLECTION FOLIO

Dernières parutions

5955. Cicéron — « *Le bonheur dépend de l'âme seule* ». *Tusculanes*, livre V
5956. Lao-tseu — *Tao-tö king*
5957. Marc Aurèle — *Pensées. Livres I-VI*
5958. Montaigne — *Sur l'oisiveté et autres essais en français moderne*
5959. Léonard de Vinci — *Prophéties* précédé de *Philosophie* et *Aphorismes*
5960. Alessandro Baricco — *Mr Gwyn*
5961. Jonathan Coe — *Expo 58*
5962. Catherine Cusset — *La blouse roumaine*
5963. Alain Jaubert — *Au bord de la mer violette*
5964. Karl Ove Knausgaard — *La mort d'un père*
5965. Marie-Renée Lavoie — *La petite et le vieux*
5966. Rosa Liksom — *Compartiment n° 6*
5967. Héléna Marienské — *Fantaisie-sarabande*
5968. Astrid Rosenfeld — *Le legs d'Adam*
5969. Sempé — *Un peu de Paris*
5970. Zadie Smith — *Ceux du Nord-Ouest*
5971. Michel Winock — *Flaubert*
5972. Jonathan Coe — *Les enfants de Longsbridge*
5973. Anonyme — *Pourquoi l'eau de mer est salée et autres contes de Corée*
5974. Honoré de Balzac — *Voyage de Paris à Java*
5975. Collectif — *Des mots et des lettres*
5976. Joseph Kessel — *Le paradis du Kilimandjaro et autres reportages*
5977. Jack London — *Une odyssée du Grand Nord*
5978. Thérèse d'Avila — *Livre de la vie*

5979. Iegor Gran — *L'ambition*
5980. Sarah Quigley — *La symphonie de Leningrad*
5981. Jean-Paul Didierlaurent — *Le liseur du 6h27*
5982. Pascale Gautier — *Mercredi*
5983. Valentine Goby — *Sept jours*
5984. Hubert Haddad — *Palestine*
5985. Jean Hatzfeld — *Englebert des collines*
5986. Philipp Meyer — *Un arrière-goût de rouille*
5987. Scholastique Mukasonga — *L'Iguifou*
5988. Pef — *Ma guerre de cent ans*
5989. Pierre Péju — *L'état du ciel*
5990. Pierre Raufast — *La fractale des raviolis*
5991. Yasmina Reza — *Dans la luge d'Arthur Schopenhauer*

5992. Pef — *Petit éloge de la lecture*
5993. Philippe Sollers — *Médium*
5994. Thierry Bourcy — *Petit éloge du petit déjeuner*
5995. Italo Calvino — *L'oncle aquatique*
5996. Gérard de Nerval — *Le harem*
5997. Georges Simenon — *L'Étoile du Nord*
5998. William Styron — *Marriott le marine*
5999. Anton Tchékhov — *Les groseilliers*
6000. Yasmina Reza — *Adam Haberberg*
6001. P'ou Song-ling — *La femme à la veste verte*
6002. H. G. Wells — *Le cambriolage d'Hammerpond Park*

6003. Dumas — *Le Château d'Eppstein*
6004. Maupassant — *Les Prostituées*
6005. Sophocle — *Œdipe roi*
6006. Laura Alcoba — *Le bleu des abeilles*
6007. Pierre Assouline — *Sigmaringen*
6008. Yves Bichet — *L'homme qui marche*
6009. Christian Bobin — *La grande vie*
6010. Olivier Frébourg — *La grande nageuse*
6011. Romain Gary — *Le sens de ma vie* (à paraître)
6012. Perrine Leblanc — *Malabourg*

6013.	Ian McEwan	*Opération Sweet Tooth*
6014.	Jean d'Ormesson	*Comme un chant d'espérance*
6015.	Orhan Pamuk	*Cevdet Bey et ses fils*
6016.	Ferdinand von Schirach	*L'affaire Collini*
6017.	Israël Joshua Singer	*La famille Karnovski*
6018.	Arto Paasilinna	*Hors-la-loi*
6019.	Jean-Christophe Rufin	*Les enquêtes de Providence*
6020.	Maître Eckart	*L'amour est fort comme la mort et autres textes*
6021.	Gandhi	*La voie de la non-violence*
6022.	François de La Rochefoucauld	*Maximes*
6023.	Collectif	*Pieds nus sur la terre sacrée*
6024.	Saâdi	*Le Jardin des Fruits*
6025.	Ambroise Paré	*Des monstres et prodiges*
6026.	Antoine Bello	*Roman américain*
6027.	Italo Calvino	*Marcovaldo* (à paraître)
6028.	Erri De Luca	*Le tort du soldat*
6029.	Slobodan Despot	*Le miel*
6030.	Arthur Dreyfus	*Histoire de ma sexualité*
6031.	Claude Gutman	*La loi du retour*
6032.	Milan Kundera	*La fête de l'insignifiance*
6033.	J.M.G. Le Clezio	*Tempête* (à paraître)
6034.	Philippe Labro	*« On a tiré sur le Président »*
6035.	Jean-Noël Pancrazi	*Indétectable*
6036.	Frédéric Roux	*La classe et les vertus*
6037.	Jean-Jacques Schuhl	*Obsessions*
6038.	Didier Daeninckx – Tignous	*Corvée de bois*
6039.	Reza Aslan	*Le Zélote*
6040.	Jane Austen	*Emma*
6041.	Diderot	*Articles de l'Encyclopédie*
6042.	Collectif	*Joyeux Noël*
6043.	Tignous	*Tas de riches*
6044.	Tignous	*Tas de pauvres*
6045.	Posy Simmonds	*Literary Life*
6046.	William Burroughs	*Le festin nu*

Composition Interligne
Impression Novoprint
à Barcelone, le 17 mai 2016
Dépôt légal : mai 2016
1er dépôt légal dans la collection : mars 1998

ISBN 978-2-07-038834-9/Imprimé en Espagne.

303021